KB272938

〔上〕 **악대**(樂隊)**를 태운 낙타** 낙타의 높이는 58.4cm, 무인용(舞人俑)의 높이는 25.1 cm. 4명의 무인용이 양쪽에 앉아 있고, 중앙의 서있는 무인용은 춤을 추고 있다. 총 5명 가운데 좌측 뒤쪽과 우측 앞쪽에 앉아 있는 두 명을 제외한 세 명은 모두 코가 크고 눈이 움푹 들어가 있으며 수염이 많이 나 있는 호인(胡人)들이다. 비파(琵琶)를 뺀 세 개의 악기도 호인 악기 계통의 것이다. 서안시(西安市) 서교(西郊) 남하촌(南何村), 선우정회묘(鮮于庭誨墓)에서 출토한 것이다.

〔下〕 **경**(磬)**의 연주 정경** 경을 연주하고 있는 모습을 그린 화상석(畵像石). 산동성(山東省) 기남(沂南) 후한묘(後漢墓)에서 출토한 것이다.

〔上〕 **호인응장**(胡人鷹匠)**의 청동상**(靑銅像) 전국시대(戰國時代)의 것. 높이 28.5cm. 작대기 위의 새(매일까?)는 옥(玉)으로 만든 것이다. 머리는 변발(辮髮), 두꺼운 웃옷과 부츠를 신고 있다. 하남성(河南省) 낙양(洛陽) 금촌(金村)에서 출토한 것이다.

〔下〕 **한희재**(韓熙載)**의 야연도**(夜宴圖) 고굉중(顧閎中)이 그린〈한희재야연도권(韓熙載夜宴圖卷)〉의 최초 부분. 견본착색(絹本着色), 전체는 세로 28.7cm, 가로 335.5cm. 한희재(911~970년)는 오대(五代) 남당(南唐)의 대신(大臣)으로서 당시 '풍류의 관(冠)'으로 불려졌었다. 이 그림은 뇌건(雷巾)을 쓰고 있는 그가 침상에 앉아 첩기(妾妓)가 뜯는 비파(琵琶) 가락을 듣고 있는 정경이다. 북경(北京) 고궁박물원(故宮博物院) 소장.

머 리 말

이 책은 전에 내었던 《악부시선(樂府詩選)》(민음사, 1976)을 수정 증보(增補)한 것이다. 시의 분량만도 두 배 이상으로 늘였다.

중국의 전통문학은 시를 중심으로 하여 발전하고 있는데, 그 시의 창작은 한(漢)대의 악부시를 바탕으로 하여 시작되고 있다. 보통 《시경(詩經)》을 중국문학의 조종(祖宗)이라 받들고 있지만, 《시경》의 시들은 대체로 사언(四言)의 리듬을 기저로 한 것이다.

악부시는 민가(民歌)를 바탕으로 한 것이어서 자유형의 시들이 원칙인 듯하지만 서한(西漢, B.C. 206~A.D. 24년)을 거쳐 동한(東漢, 25~219년)으로 가면서 차츰 오언(五言)의 형식으로 발전하고, 마침내는 오언고시(五言古詩)를 형성시킨다. 따라서 동한의 악부시들은 고시와 전혀 구별이 되지 않는 것들이 많다. 그리고 건안(建安)시대(196~219년)부터 본격적으로 전개되기 시작한 시의 창작은 대체로 악부시의 의작(擬作)을 주조(主潮)로 하고 있다.

그리고 남북조(南北朝)시대(396~588년)는 중국문학사상 유미주의(唯美主義) 풍조가 주류를 이루는 형식주의(形式主義)적인 시대였으나, 그때에도 민간의 악부시가 대두하여 문단에 새로운 서정(抒情)을 일깨워주고 생기를 불어넣어 주었다.

이렇게 보면 악부시는 중국전통문학 발전의 밑받침이 되어 준 것이다.

필자는 1960년 무렵부터 희곡연구에 몰두하다, 1968년 무렵부터

학계의 필요에 따라 관심을 중국 전통문학으로 돌렸다. 그리고 1980년 무렵까지는 계속 중국 전통문학의 본격적인 발전이 시작되고 있는 한대의 문학 연구에 몰두하였다.

그 시절에 이룬 성과가 《한대시연구(漢代詩研究)》(1975, 光文出版社. 2002, 修訂版 《한대의 문인과 시》 明文堂) 및 《한대(漢代)의 문학과 부(賦)》(2002, 明文堂)에 실린 글들이다. 여기에 실린 시들은 대체로 그 시절에 이들 글을 쓰기 위한 자료를 위하여 번역해 놓았던 것들이다.

중국시를 올바로 읽고 이해하는 길잡이가 되어주기 바랄 따름이다.

2002년 3월

김 학 주 인헌서실에서

차 례

머리말 ··· 3

해제/악부시(樂府詩)**란 어떤 것인가?**

　1. 악부시의 기원 ··· 9

　2. 악부시의 내용 ··· 12

　3. 오언시(五言詩)와 악부시 ······················· 15

　4. 이연년(李延年)과 악부시 ························· 19

　5. 기타 악부시가 중국 문학사에 끼친 공헌 ··········· 23

한위악부(漢魏樂府)

　성 남쪽에서 싸우다(戰城南) ························· 31

　그리운 님(有所思) ······································ 35

　하나님(上邪) ··· 38

　강남(江南) ·· 40

　동녘에 해가 뜨다(東光) ······························ 42

　달래잎의 이슬은(薤露) ································ 44

호리(蒿里) ··· 46

공무도하(公無渡河) ··· 48

까마귀 새끼(烏生) ··· 50

서문행(西門行) ·· 54

동문행(東門行) ·· 58

부병행(婦病行) ·· 61

고아행(孤兒行) ·· 66

밭둔덕의 뽕나무(陌上桑) ······································ 73

원가행(怨歌行) ·· 80

장가행(長歌行) -2수(首) ······································· 82

상봉행(相逢行) ·· 86

장성굴에 말을 물 먹이러 가며(飮馬長城窟行) ·············· 91

염가행(豔歌行) ·· 95

고가(古歌) ··· 98

비가(悲歌) ··· 101

아득한 견우성(迢迢牽牛星) ···································· 103

산으로 약초 캐러 가다(上山採蘼蕪) ························· 106

열다섯 살에 군대 따라 출정하다(十五從軍征) ·············· 109

초중경처(焦仲卿妻) ·· 113

남조악부(南朝樂府)

자야가(子夜歌) -12수 ………………………………………… 155

자야사시가(子夜四時歌) ……………………………………… 164

　춘가(春歌) -5수 …………………………………………… 164

　하가(夏歌) -6수 …………………………………………… 168

　추가(秋歌) -6수 …………………………………………… 172

　동가(冬歌) -6수 …………………………………………… 176

자야변가(子夜變歌) -2수 …………………………………… 180

상성가(上聲歌) -2수 ………………………………………… 182

환문변가(歡聞變歌) -2수 …………………………………… 184

전계가(前溪歌) -2수 ………………………………………… 186

단선랑(團扇郎) -2수 ………………………………………… 188

화산기(華山畿) -4수 ………………………………………… 190

독곡가(讀曲歌) -6수 ………………………………………… 193

성랑곡(聖郎曲) ………………………………………………… 198

교녀시(嬌女詩) ………………………………………………… 200

청계소고곡(淸溪小姑曲) ……………………………………… 202

석성악(石城樂)-2수 …………………………………… 204

막수악(莫愁樂) …………………………………………… 206

삼주가(三洲歌)-2수 …………………………………… 208

북조악부(北朝樂府)

기유가(企喩歌)-2수 …………………………………… 213

낭야왕가(瑯琊王歌)-2수 …………………………… 215

자류마가(紫騮馬歌) …………………………………… 217

지구악가사(地驅樂歌辭)-3수 …………………… 219

작로리가사(雀勞利歌辭) …………………………… 221

격곡가(隔谷歌)-2수 …………………………………… 223

착닉가(捉搦歌)-2수 …………………………………… 226

절양류가사(折楊柳歌辭)-2수 …………………… 228

절양류지가(折楊柳枝歌)-2수 …………………… 230

농두유수가사(隴頭流水歌辭)-2수 …………… 232

농두가사(隴頭歌辭)-2수 …………………………… 234

목란사(木蘭辭) ………………………………………… 236

색인(索引) ………………………………………………… 245

해제 / 악부시(樂府詩)란 어떤 것인가?

1. 악부시의 기원

〈악부시〉는 한(漢)대와 위(魏)·진(晉)을 거쳐 남북조(南北朝) 시대에 이르기까지 중국의 민간에서 노래불리어지던 작자를 알 수 없는 노래의 가사들이 그 중심을 이룬다. 악부(樂府)란 본시 한나라 무제(武帝, 재위 기원전 140년~기원전 87년)가 설치한 음악에 관한 일을 관장하던 관청의 이름이었다. 반고(班固, 32~92년)의 《한서(漢書)》〈예악지(禮樂志)〉에는,

무제(武帝)가 교사(郊祀)의 예를 정하고, 악부를 세웠다.

라고 하였고, 당(唐)대의 안사고(顏師古)는 거기에 "악부란 명칭은 여기에서 생긴 것이다"고 주(注)를 달고 있다. 그리고 무제는 이연년(李延年, 기원전 140년?~기원전 87년?)을 그곳의 책임자인 협률도위(協律都尉)에 임명하고, 옛부터 내려오는 음악과 악기의 정리, 음악의 연주, 필요한 음악의 작곡 등을 맡겼다. 그런데 〈악부〉의 기능 중에는 그 밖에 특이하고도 중요한 것으로 민간 가요의 수집이 있었다. 또한 《한서(漢書)》〈예문지(藝文志)〉에 이런 기

록이 보인다.

무제가 악부를 세우고 가요를 채집하니 이에 조(趙)·대(代) 지방의 노래와 진(秦)·초(楚)의 민요가 있게 되었다. ……또한 풍속을 관찰하고 정치가 잘되고 있는가를 알기 위한 것이었다.

이것은 중국에 옛날에 있었다는 채시관(採詩官) 제도를 부활시킨 것이다. 《시경(詩經)》에 실려 있는 시들도 《한서》 예문지의 기록에 의하면 대부분의 것들이 이 〈채시관〉들이 수집한 가요들을 정리하여 이루어진 것이라 한다. 여하튼 이 〈악부〉에서 모아들인 시가들도 뒤에는 흔히 〈악부〉 또는 〈악부시〉라 부르게 되었다.

이 〈악부시〉에는 여러 가지 성격의 음악이 있지만 우리의 관심을 가장 끄는 것은 그 중에서도 민가(民歌)이다.

《한서》〈예문지〉에는 그 시대에 있던 민가집(民歌集)으로 다음과 같은 것들이 수록되어 있다.

《오·초 여남 가시(吳楚汝南歌詩)》 15편.

《연·대의 노래와 안문·운중·농서의 가시(燕代謳雁門雲中隴西歌詩)》 9편.

《한단·하간 가시(邯鄲河間歌詩)》 4편.

《제·정 가시(齊鄭歌詩)》 4편.

《회남 가시(淮南歌詩)》 4편.

《좌풍익·진 가시(左馮翊秦歌詩)》 3편.

《경조윤·진 가시(京兆尹秦歌詩)》 5편.

《하동·포반 가시(河東蒲反歌詩)》 1편.

《낙양 가시(雒陽歌詩)》4편.
《하남·주 가시(河南周歌詩)》7편.
《주요 가시(周謠歌詩)》75편.
《주 가시(周歌詩)》2편.
《남군 가시(南郡歌詩)》5편.

　이상의 기록을 통해 보더라도 〈악부〉에서 수집한 민가는 그 지역이 무척 광범했음을 알 수 있다. 뒤의 애제(哀帝, 재위 기원전 6년~기원전 1년)는 〈악부〉에 음탕한 〈정위의 노래(鄭衛之聲)〉가 많다 하여, 대대적인 정리를 단행했는데, 이때 적지 않은 〈악부〉의 노래들이 없어졌을 것으로 생각된다. 어쨌든 〈악부〉에서 민가를 수집한 덕분에 지금까지도 귀중한 한대(漢代)의 민가들이 우리에게 전해지게 된 것이다.
　〈악부〉 제도는 규모는 작아졌지만 후한(後漢) 때까지도 그대로 유지되었던 것 같다. 범엽(范曄)의 《후한서(後漢書)》에 의하면 광무제(光武帝)와 화제(和帝)·영제(靈帝) 등이 각 지방의 민요를 통하여 민심의 동향을 파악하려 했다 하였다. 따라서 분명하지는 않지만 후한대(後漢代)에도 〈채시관〉 제도가 완전히 없어지지는 않았던 것 같다.
　위(魏)·진(晉) 시대는 〈채시〉 제도는 없었지만 나라에서 쓰는 음악을 정리하고 작곡하며 연주하는 일을 맡았던 음악 기관은 그대로 존속했다. 그 뒤 남북조 시대에 와서 다시 민가가 크게 유행했던 것을 보면 〈악부〉와 비슷한 음악 기관은 그대로 존속되었던 것 같다.
　따라서 국가의 음악 관청인 〈악부〉에는 거기에서 수집한 여러 지방의 민요와 옛부터 전해 내려오던 노래와 나라의 여러 가지 행사

때 불리던 노래 등이 보전되었다.

악부시 중에는 민간의 가요도 있지만, 문인들의 작품도 있다. 그러나 그 시들은 악부에서 그 곡을 정리하거나 새로운 곡을 작곡하면서 적지 않은 수정이 가해진 것들이라는 점에 유의해야 할 것이다. 그리고 한대 말엽부터 많은 문인들이 민가풍의 〈악부시〉를 본떠서 새로운 작품을 짓게 되었다. 중국 정통문학의 중심을 이루며 발달해 온 중국시는 이러한 악부시의 의작(擬作)을 바탕으로 본격적인 발전을 시작하였다고도 할 수 있다.

이 〈악부시〉의 의작은 당송(唐宋) 이후까지도 시인들 사이에 성행된다. 따라서 〈악부시〉 중에는 수많은 후세 시인들의 모작까지도 그 속에 끼게 되었다. 특히 조조(曹操, 155~220년) 삼부자와 왕찬(王粲, 177~217년) 등의 건안칠자(建安七子)는 악부시의 의작(擬作)을 중심으로 하여 시의 창작활동을 전개하였다고 말할 수도 있다. 후세의 대가(大家)들 중에도 이백(李白, 701~762년)처럼 악부시체의 빼어난 작품들을 많이 남기고 있는 작가들이 많으며, 특히 백거이(白居易, 772~846년)와 원진(元稹, 723~772년)의 〈신악부(新樂府)〉는 유명하다.

2. 악부시의 내용

지금 전하고 있는 악부시의 시가집으로는 송(宋)대 곽무천(郭茂倩, 1084년 전후)이 편찬한 《악부시집(樂府詩集)》 100권이 가장 내용이 풍부하고 자세한 것이다. 《악부시집》에서는 〈악부시〉를 대략 다음과 같은 열두 종류로 나누어 편찬하고 있다.

1) 교묘가사(郊廟歌辭) —— 임금이 제사지낼 때 쓰던 악가로서 한(漢)대로부터 오대(五代)에 이르는 시대의 작품들.

2) 연사가사(燕射歌辭) —— 임금이 잔치할 때 쓰던 악가로서, 진(晉)대로부터 수(隋)대에 이르는 시대의 작품들.

3) 고취곡사(鼓吹曲辭) —— 횡취곡(橫吹曲)과 함께 군중(軍中)에서 쓰던 음악. 고취곡은 북방에서, 횡취곡은 서쪽에서 들어온 것이다. 한대에서 당(唐)대에 이르는 시대의 작품들.

4) 횡취곡사(橫吹曲辭) —— 한대로부터 양(梁)대에 이르는 시대의 작품들.

5) 상화가사(相和歌辭) —— 한대의 민요가 중심을 이루며, 여기에는 상화육인(相和六引)·상화곡(相和曲)·음탄곡(吟歎曲)·사현곡(四弦曲)·평조곡(平調曲)·청조곡(淸調曲)·슬조곡(瑟調曲)·초조곡(楚調曲)·대곡(大曲) 등이 있다.

6) 청상곡사(淸商曲辭) —— 남조(南朝)의 민가가 중심을 이루며, 오성가곡(吳聲歌曲)·신현가(神弦歌)·서곡가(西曲歌)·아가(雅歌) 등으로 분류된다.

7) 무곡가사(舞曲歌辭) —— 춤을 곁들였던 노래의 가사로 한대에서 수(隋)대에 이르는 작품들이 실려 있다. 여기에는 아무(雅舞)·잡무(雜舞)·산악(散樂)의 구분이 있다.

8) 금곡가사(琴曲歌辭) —— 가장 오래된 것으로는 요순(堯舜)시대의 작품이라고 전하는 것까지도 있으며, 수당(隋唐)대의 작품까지 남아 전한다.

9) 잡곡가사(雜曲歌辭) —— 한대에서 수·당대에 이르는 시대의 여러 가지 민가가 모여 있다.

10) 근대곡사(近代曲辭) —— 수·당대 작가들의 의작(擬作)들.

11) 잡가요사(雜歌謠辭) —— 요·순 시대에서 수·당대에 이르는
    시대에 지어져 유행한 여러 가지 요언(謠言)과 시가들.
12) 신악부사(新樂府辭) —— 당대 시인들에 의하여 지어진 악부
    시체의 새로운 시들.

이 분류에는 구분이 애매한 것들도 있으나 무엇보다도 금곡가
사· 근대가사·잡가요사·신악부사는 우리가 얘기하는 〈악부시〉에
서 제외되어야 할 것이다. 금곡(琴曲)에는 본시 가사가 없는 것이
원칙이니, 모두 후세 사람들이 의탁한 작품들일 것이며, 그밖에 근
대곡사·잡가요사·신악부사는 대부분이 노래의 가사가 아닌 읽거
나 읊는 것으로 변한 것들이다. 후세 문인들의 의작(擬作)들은 〈악
부〉라기보다는 〈고시〉로 보는 게 옳을 것이다. 〈악부시〉의 특징은
어디까지나 노래와의 관계에서 찾아야만 할 것이다.

그러나 악부고사(樂府古辭) 또는 고악부(古樂府)와 고시(古詩)의
구분은 그다지 명확한 것이 아니다. 이론상으로는 고악부로부터 고
시가 발전한 것이라 하지만, 많은 경우 이것들은 서로 혼동되고 있
다. 보기를 들면 소통(蕭統, 501~531년)의 《문선(文選)》 권29 〈고
시십구수(古詩十九首)〉의 제8수(第八首) 〈염염고생죽(冉冉所生竹)〉과
제13수 〈구거상동문(驅車上東門)〉 두 수가 《악부시집》에는 권74
와 권61에 각각 고사(古辭)로서 잡곡가사(雜曲歌辭) 속에 들어있
다. 《문선》 권27과 《악부시집》 권38에서 악부고사(樂府古辭)로 다
룬 〈음마장성굴행(飮馬長城窟行)〉이 서릉(徐陵, 507~583년)의 《옥
대신영(玉臺新詠)》 권1에는 채옹(蔡邕, 133~192년)의 시로 수록되
어 있다. 이밖에도 이러한 혼동의 보기는 무수히 많다.

실상 〈고시〉와 〈고악부〉는 형식이나 내용에 아무런 차이가 없어

서 〈고시〉라 하여도 되고 〈고악부〉라 하여도 무방한 것들이 상당히 많다. 보기를 들면 〈십오종군정(十五從軍征)〉(《樂府詩集》 권25 紫騮馬歌辭)이나 〈초초산상정(岧岧山上亭)〉(《樂府詩集》 권30 長歌行) 같은 것들이다.

다시 앞에 든 곽무천의 《악부시집》의 분류를 다시 간단히 정리하면 우리는 다음과 같은 네 가지 종류의 〈악부시〉가 있었음을 알 수 있다.

첫째, 귀족들의 악부. 여기에는 대체로 교묘가사·연사가사·무곡가사가 포함된다.

둘째, 외국에서 수입된 악부. 여기에는 대체로 고취곡사·횡취곡사가 포함된다.

셋째, 민간 가요. 이것이야말로 〈악부시〉의 중심을 이루며, 대체로 상화가사·청상곡사·잡곡가사가 여기에 포함된다.

넷째, 후세의 새 악부. 여기에는 귀족들의 것도 있고, 외국에서 수입된 것, 민간 가요 등 앞에 든 세 가지 성질의 노래들이 모두 포함된다. 수·당대의 조정에서 쓰던 여러 가지 가곡들이 이에 속한다.

3. 오언시(五言詩)와 악부시

〈악부시〉 중의 민가들은 《시경》의 국풍(國風)이나 마찬가지로 중국 여러 지방에서 채집한 민요들이다. 따라서 중국 문학사상 그 전통에 있어 〈악부시〉 중의 민가들은 바로 《시경》의 국풍을 이어받은 것이라고 할 수 있다.

그러나 〈국풍〉과 〈악부시〉를 놓고 볼 때 우리는 그 가사 형식이나 리듬에서 이들 사이에 큰 차이를 발견하게 된다. 〈국풍〉의 시들은 그 구식(句式)이 사언(四言)을 바탕으로 하고 있는데 비하여 〈악부시〉는 구식(句式)이 자유로우면서도 차츰 오언(五言)으로 발전하고 있는 것이다. 사언이란 중국어의 기본 리듬을 따른 단아(端雅)한 느낌을 주는 시형인데 비하여, 오언은 비교적 변화가 있고 청신(清新)하며 경쾌한 맛을 주는 시형이어서 그 성격이 판연히 다른 것이다.

중국 문학사상 〈악부시〉의 가장 큰 공로는 오언시를 이룩하고 발전시켰다는 것이다. 오언시는 중국시의 가장 대표적인 시형이기 때문에 오언시의 발생과 발전은 중국 시의 발전과 직접적인 연관 관계에 있는 것이다.

지금 우리에게는 전한(前漢) 초기의 작품으로 알려진 〈고시십구수(古詩十九首)〉를 비롯하여 매승(枚乘, ?~기원전 141년)의 시와 소무(蘇武, 기원전 143년?~기원전 60년)·이릉(李陵, ?~기원전 74년)의 시들 같은 오언고시(五言古詩)가 전해지고 있다(蕭統의 《文選》과 徐陵의 《玉臺新詠》 등에). 그러나 이들의 저작 연대에 대해서는 이미 《문선》이나 《옥대신영》이 나온 직후에 나온 유협(劉勰, ?~473년)의 《문심조룡(文心雕龍)》 명시(明詩) 편과 종영(鍾嶸, 505년 전후)의 《시품(詩品)》 같은 데서 의심스러운 듯한 논조로 얘기하고 있거니와, 뒤에 송(宋)대의 소식(蘇軾)·홍매(洪邁)를 비롯해 청대(清代)의 고염무(顧炎武)·옹방강(翁方綱)·전대흔(錢大昕)·양계초(梁啓超) 같은 학자들이 연이어 위·진 이후의 의작(擬作)임을 증명하려고 노력했다.

문학의 진화라는 입장에서 보더라도 한대에 와서 갑자기 〈오언고시〉가 나타나 한대 말엽에 이르는 400여 년 간 아무런 발달도 하지 못했다는 것은 이해할 수 없는 일이다. 지금 와서는 〈고시십구수〉나

이릉·소무의 시 같은 완전한 '오언고시'는 빨라도 후한(後漢) 말엽에나 이루어졌을 거라는 게 학자들의 일반적인 견해가 되어 있다.

한편, 주건(朱乾)은 《악부정의(樂府正義)》라는 책에서 〈고시십구수〉는 고악부(古樂府)라고 말하고 있다. '고악부'였던 〈고시십구수〉를 후세 문인들이 완전한 오언고시로 개작한 것이라는 입장에서 그렇게 말한 것이다. '오언고시'가 '고악부'로부터 발전한 것임은 의심의 여지가 없다. 주이존(朱彝尊, 1629~1709년)은 《폭서정집(曝書亭集)》 권52 〈서옥대신영후(書玉臺新詠後)〉란 글에서 〈구거상동문(驅車上東門)〉과 〈생년불만백(生年不滿百)〉의 예를 들며, 시형이 자유로운 〈악부고사〉를 후인이 정제한 오언시로 개작한 것이 고시(古詩)라고 주장하고 있다.

그는 구체적인 보기로서 〈서문행(西門行)〉 고사(古辭)의 "즐김에 있어서는, 즐길 수 있는 때에 즐겨야지, 어찌 앉아서 답답하게 걱정이나 하며, 뒷날을 기다려야 하겠는가?(夫爲樂, 爲樂當及時, 何能坐愁怫鬱, 當復待來茲?)"를 고시에서는 "즐길 수 있는 때에 즐겨야지, 어찌 뒷날을 기다릴 수 있겠는가?(爲樂當及時, 何能待來茲?)"로 개작했고, 고사의 "재물을 탐하여 쓰는 것을 아끼면, 다만 후세에 비웃음만 사게 되네.(貪財愛惜費, 但爲後世嗤.)"를 고시에서는 "어리석은 자는 쓰는 것을 아끼어, 다만 후세의 비웃음거리만 되네.(愚者愛惜費, 但爲後世嗤.)"로 고쳤고, 고사의 "자신은 신선인 왕자교가 아니니, 살 날을 따져봐야 언제까지일지 알 수가 없네.(自非仙人王子喬, 計會壽命難與期.)"를 고시에서는 "신선인 왕자교는, 그와 같이 살 수는 없는 상대일세.(仙人王子喬, 難可與等期.)"로 고쳤다고 지적하고 있다. 그의 의견에는 문제가 없는 것은 아니지만 자유로운 시형으로부터 오언고시로 시형이 정형화(定形化)하는 구체적인 보기로서는 손색이 없다.

이제껏 사언(四言)이 중심을 이루던 중국 시가 어찌하여 한대로 들어와서는 갑자기 오언을 지향하게 되었는가 하는 것도 큰 문제이다. 거기에는 한무제(漢武帝)가 서역 땅을 정벌한 뒤 수입해 온 〈호악(胡樂)〉과 〈악부〉의 우두머리였던 이연년(李延年)이 〈호악〉과 민가들을 바탕으로 하여 새로 개발한 〈신성(新聲)〉의 영향이 크게 작용했을 것 같다.

한편 《사기(史記)》나 《한서(漢書)》를 보면 전한대(前漢代)의 요언(謠諺)으로 오언으로 된 노래들을 여러 곳에 인용하고 있다. 예를 들면 《사기》 진세가(陳世家)에 인용된 “소를 끌고 남의 밭 가운데로 지나가면, 밭 주인이 그 소를 빼앗는다.(牽牛徑人田, 田主奪之牛.)”나 골계전(滑稽傳)에 인용된 “말을 감정할 적에는 여윈 때문에 실수를 하고, 사람을 대할 적에는 가난 때문에 실수하기 쉽다.(相馬失之瘦, 相士失之貧.)”와 같은 요언이 그것이다. 이를 근거로 이미 전한의 무제 시대에도 〈오언고시〉가 존재했다고 주장하는 사람들도 있다.

그러나 이러한 오언으로 이루어진 〈요언〉들은 한 구절의 글자 수가 다섯 자로 되어 있다 뿐이지 〈오언고시〉가 보여주는 경쾌한 리듬이나 응축된 뜻의 표현은 찾아볼 수가 없다. 따라서 오언으로 된 〈요언〉과 〈오언고시〉를 같은 성질의 것으로 볼 수는 없는 것이다. 더구나 《사기》 진세가에 보이는 “견우경인전(牽牛徑人田)” 운운하는 요언은 《좌전(左傳)》 선공(宣公) 11년에 인용된 신숙시(申叔時)의 말인 “소를 끌고 남의 밭을 짓밟으면, 그 소를 빼앗는다.(牽牛以蹊人之田, 而奪之牛.)”를 후인이 오언으로 고쳐 쓴 것이고, 유후세가(留侯世家)의 여후(呂后)의 말에 인용된 “사람의 한평생은,

흰 망아지가 틈 앞을 지나가는 거와 같다.(人生一世間, 如白駒過隙.)"는《장자(莊子)》〈지북유(知北遊)〉의 "사람이 하늘과 땅 사이에 사는 시간은 흰 말이 틈 앞을 지나가는 거나 같다.(人生天地間, 若白駒之過郤.)"를 후인이 고쳐 쓴 것이다. 그렇다면《사기》나《한서》의 요언은 처음부터 오언이 아니었던 것이 대부분이며, 〈요언〉에서 〈오언고시〉가 나왔다고 말하기는 어려운 것이다.

전한의 무제 시대에 〈악부고사〉가 존재하기는 했지만, 그것은 지금 전해지고 있는 고악부(古樂府) 중에서도 형식이 가장 거칠고 내용이 세련되지 못한 작품들, 예를 들면 한뇨가(漢鐃歌)나 그 비슷한 종류의 것이었을 것이다.

그것들이 황실이나 귀족들 사이에 문인들의 손을 통해 전해지면서, 다시 다듬어지고 고쳐져 오언 형식으로 발전한 끝에 후한 말엽에 완전한 〈오언고시〉를 이룩했을 것이다. 곧 후한이 쇠멸기(대략 89~219년)로 들어서면서 비로소 문인들에 의한 본격적인 〈오언시〉가 나오기 시작했던 것이다.

반고(班固, 32~92년)의 〈영사(詠史)〉·〈죽선(竹扇)〉, 장형(張衡, 78~139년)의 〈동성가(同聲歌)〉, 채옹(蔡邕, 133~192년)의 〈취조(翠鳥)〉, 역염(酈炎, 150~177년)의 〈현지시(見志詩)〉 2수, 진가(秦嘉, 160년 전후)의 〈유군증부시(留郡贈婦詩)〉 3수, 조일(趙壹, 178년 전후)의 〈질사시(疾邪詩)〉 등이 그것이다. 이로부터 〈오언〉은 중국의 가장 대표적인 시의 구식(句式)으로 굳어 버린다.

어쨌든 이전에는 〈사언〉이 주류를 이루던 중국 시의 리듬을 〈오언〉으로 바꾸어 놓는 데에는 〈악부시〉가 결정적인 역할을 했음은 의심의 여지가 없다.

4. 이연년(李延年)과 악부시

《한서(漢書)》 예악지(禮樂志)에 의하면 무제는 악부라는 관청을
설립한 경과를 쓴 다음 다시 이렇게 말하고 있다.

이연년을 협률도위(協律都尉)로 삼고 사마상여(司馬相如) 등
수십 명을 등용하여 시부(詩賦)를 짓게 하고, 율려(律呂)를 따져
팔음(八音)의 음조에 맞추어 19장(十九章)의 노래를 지었다.

다시 같은 책 영행전(佞幸傳)에는 이런 말이 보인다.

이연년은 노래를 잘하여 신변성(新變聲)을 지었다. 이때 임금
은 마침 천지에 대한 제사를 일으키어 음악을 작곡하려 했으므로
사마상여 등으로 하여금 시송(詩頌)을 짓게 했는데, 이연년은 그
시들을 현가(弦歌)하여 신성곡(新聲曲)으로 만들었다.

또 같은 책 외척전(外戚傳)을 보면 이렇게 말하고 있다.

무제 부인의 오빠 이연년은 본시 음악을 잘 알고 가무를 잘해
무제가 그를 사랑했다. 그가 신성변곡(新聲變曲)을 지을 때마다
듣는 이로 감동하지 않는 이가 없었다. 이연년이 임금을 모시고
있다 일어나 춤추며 노래했다.

그리고는 〈가인가(佳人歌)〉(뒤에 인용)로 알려진 이연년의 노래
를 소개하고 있다.

여기서 이연년이 지었다는 〈신변성〉·〈신성곡〉·〈신성변곡〉이 확실히 어떤 종류의 노래였는지 알 길이 없다. 《한서》 예악지에 실린 〈교사가(郊祀歌)〉 19장과 〈가인가(佳人歌)〉 같은 것이 모두 거기에 속하는 노래들이었던 것 같을 뿐이다. 어쨌든 〈신변성〉 또는 〈신성곡〉·〈신성변곡〉이라 부르는 이연년이 작곡한 노래들은 그때까지 중국에는 없던 새로운 형식의 노래였던 것 같다. 이것들은 〈악부〉에서 연주하던 음악의 주류를 이루었던 듯한데, 뒤에 애제(哀帝)가 〈악부〉를 정리하면서 악부관(樂府官)에 "정위(鄭衛)의 노래"가 많은 것을 이유로 삼고 있는 것을 보면, 그것은 여러 지방에서 채집한 민요를 바탕으로 발전시킨 노래였던 듯도 하다.

다시 진(晉)나라 최표(崔豹)의 《고금주(古今注)》 권중(卷中)을 보면 다음과 같은 말이 보인다.

횡취(橫吹)는 오랑캐 음악이다. 장건(張騫)이 서역(西域)에 갔다가 그 방법을 서경(西京)으로 전해 왔는데, 오직 〈마하두륵(摩訶兜勒)〉 한 곡이 있었을 뿐이었다. 이연년은 이 오랑캐 음악을 근거로 다시 신성(新聲) 28해(解)를 지어 올렸다.

이곳의 〈신성〉도 앞의 〈신성곡〉과 같은 말일 것이다. 그렇다면 이연년의 신성곡은 서북쪽 오랑캐들의 음악에 영향을 받아 이루어진 것일 가능성이 많다.

〈신성곡〉의 하나라고 보이는 이연년의 〈가인가〉는 다음과 같은 내용의 가사이다.

북방에 가인 있는데,
세상에 다시없이 빼어났네.

한 번 돌아보면 한 성안 사람들을 기울어지게 하고,
두 번 돌아보면 한 나라 사람들을 기울어지게 하네.
어찌 성과 나라를 기울게 하는 미인을 알아보지 못하는가?
가인은 다시 얻기 어려운 것이네.

　北方有佳人, 絶世而獨立.
　一顧傾人城, 再顧傾人國.
　寧不知傾城與傾國? 佳人難再得.

이를 보면 '영부지경성여경국(寧不知傾城與傾國)' 한 구절만 제외하면 모두가 오언으로 이루어져 있다. 따라서 이연년의 〈신성곡〉은 오언의 리듬에 맞는 가락이었던 것 같다. 다만 〈가인가〉는 서릉의 《옥대신영》 권1을 비롯하여, 여러 가지 유서(類書)들에도 전부 또는 일부가 인용되어 있는데 특히 끝머리 두 구는 곳에 따라 여러 가지로 차이가 있다.

《옥대신영》 권1 이연년가시(李延年歌詩)
　"…… 성을 기울게 하고 또 나라를 기울게 하는, 가인은 다시 얻기 어렵도다.(傾城復傾國, 佳人難再得.)"
《예문유취(藝文類聚)》 권18 미부인(美婦人) 하(下)
　"…… 어찌 성과 나라를 기울어뜨림을 알지 못하는가? 가인은 다시 얻을 수 없는 것을.(寧不知傾城國? 佳人不可再得.)"
《태평어람(太平御覽)》 권136 효무이황후(孝武李皇后)
　"……어찌 성을 기울어뜨리고 나라를 기울어뜨림을 안다는 것인가? 가인은 다시 얻을 수 없는 것을.(寧知傾城傾國, 佳人不可再得.)"

《태평어람》 권381 미부인(美婦人)
　　"……어찌 성과 나라를 기울어뜨린다 말하지 않았던가? 가인
　　은 다시 얻기 어려운 것을.(豈不言傾城國? 佳人難再得.)"
《태평어람》 권517 자매(姉妹)
　　"……성을 기울어뜨리고 나라를 기울어뜨리는 이를 아끼지 않
　　는가? 가인은 다시 얻기 어려운 것을. (不惜傾城傾國? 佳人難
　　再得.)"
《문선(文選)》 권21 안연년(顏延年) 〈추호시(秋胡詩)〉 이선(李
　　善) 주(注)
　　"……어찌 성과 나라를 기울어뜨리는 것을 아는가? 가인은 다
　　시 얻기 어려운 것을.(寧知傾城國? 佳人難再得.)"

　이밖에도 서로 다른 인용문이 유서 가운데에 더 눈에 뜨인다.
따라서 〈가인가〉는 본시 이처럼 완정한 〈오언시〉가 아니었는데,
후세 사람들이 이를 전하고 베끼면서 조금씩 자기의 기호를 따라
고쳐 쓴 결과 지금 우리가 보는 〈오언고시〉에 가까운 〈가인가〉가
이루어졌을 가능성도 많다. 그러나 이연년의 노래들이 적어도 〈오
언〉의 리듬에 가까운 성격의 것이었다는 것조차 완전히 부정할 길
은 없다.
　이렇게 본다면 이연년이 중국 문학 발전에 끼친 공로는 대단히 크
다. 그는 악부의 책임자로서 수많은 주옥 같은 민가들을 채집하여
우리에게 전하는 역할을 수행했을 뿐만 아니라, 그 민가와 새로 수
입된 오랑캐 음악들을 바탕으로 새로운 중국 시의 대표적인 시형이
된 〈오언시〉의 바탕을 이룬 새로운 리듬의 노래들을 작곡했을 것
이다.

5. 기타 악부시가 중국 문학사에 끼친 공헌

한대로부터 위·진을 거쳐 남북조에 이르는 시대는 흔히 귀족 문학의 시대라고 말한다. 곧 한나라 초기부터 부(賦)가 발달해 황제의 주변 상황이나 도성(都城)의 모양을 화려하고 거창하게 묘사하는 형식주의적인 문학 풍조가 유행하여, 후한 이후로 산문이나 운문을 막론하고 내용은 상관없이 귀족적인 기호에 따라 형식만을 아름답게 꾸미는 풍조가 더욱 성행했기 때문이다.

이러한 문학 조류는 남북조 시대에 절정에 이르러 산문에서는 문장 형식만을 중시하는 변려문(騈儷文)을 완성시켰고, 운문에서는 일정한 구식(句式)에 따라 한 글자 한 글자의 성운(聲韻) 규칙을 지켜야 하는 근체시(近體詩)를 이룩하게 했다. 이러한 형식적인 유미주의(唯美主義)는 한편 문학을 알맹이 없는 귀족들의 장식물로 전락시키는 경향조차 보이기도 하였다.

이처럼 한대 이후 남북조에 이르기까지 중국의 전통 문학이 화려한 껍데기만을 남기려는 경향을 보여주고 있었는데도, 중국 문학이 완전히 생기를 잃지 않고 발전을 할 수 있었던 것은 민간에서 생겨난 〈악부시〉가 있었기 때문이라 할 수 있다.

한·위의 악부시들은 시의 형식에서 새롭고 청신한 리듬을 지닌 〈오언시〉를 발생시켜 중국 전통 문학의 주류를 오언시로 변형시켜 놓았을 뿐만 아니라 문학의 내용에도 계속 큰 영향을 끼쳤다. 그 시대의 문인들은 수사(修辭)를 통해 비로소 새로운 문학의 가능성을 인식했기 때문에 형식만을 거창하게 꾸민 〈부〉나 〈시〉를 지으려 했다. 그러나 〈악부〉의 민가들에서 노래한 민중들의 애환을 읊은 아름다운 서정(抒情)들은 문인들에게도 영향을 주지 않을 수가 없었다.

〈악부〉의 민가들에 보이는 가장 두드러진 서정으로는 인생의 무상감을 노래한 것과 이별이나 그 이별로 말미암은 그리움을 노래한 것들이 가장 많은데, 후한 말엽부터는 민가에서 발견되는 이 아름다운 서정들을 문인들도 자기 시의 주제로 흔히 선택하게 된다. 위나라 조조(曹操, 155~220)의 삼부자(三父子)나 건안칠자(建安七子)들의 시를 읽어보면, 이들이 시의 형식이나 내용에서 〈악부시〉의 영향을 얼마나 크게 입고 있는가 쉽사리 알 수 있게 된다. 또 백성들이 자기네 생활의 괴로움을 읊은 〈악부시〉들도 적지 않은데, 이것은 《시경》 이래로 중히 여겨온 시의 풍유(諷諭)의 뜻과 합치되어 중국 시에 이른바 사회시(社會詩)를 발달시키는 계기가 되었다.

한편 중국의 전통문학은 건안연간(建安年間, 196~219년)부터 시를 중심으로 하여 본격적인 발전을 시작한다. 그런데 그 시작(詩作)의 중심은 앞에서도 간단히 말했던 것처럼 악부시의 의작(擬作)을 바탕으로 하는 것이었다. 따라서 악부시는 중국의 전통문학 발전의 원동력이 되었다고까지도 말할 수가 있다.

말하자면 한·위의 〈악부시〉는 껍질만 남고 알맹이는 없어져 가는 전통 문학의 조류에 꾸준히 새로운 형식에 싱싱한 알맹이를 담아 문단에 공급했던 것이다.

남북조(南北朝) 시대는 더욱 사회의 혼란이 극하여 문인들은 현실사회에 대한 희망을 잃고, 오직 문장의 아름다운 형식만을 추구하는 유미주의적인 풍조가 극성을 이루었던 시대이다. 이 시대에는 북방의 한인(漢人)들이 대거 남방으로 이동해 가고, 서북쪽 변경에는 외족들이 몰려 들어와 복잡한 종족간의 투쟁이 계속되었다. 그 때문에 중국 문화 자체에도 많은 변질이 생겨났지만 이 시대의 민가들도 다른 시대와는 다른 독특한 특징을 지니게 되었다. 그것은 무엇보다도 외국 음악의 영향 때문이었을 것이다.

무엇보다도 남북조를 통해 짧고 간단한 형식의 민가들이 크게 유행했다. 후세의 절구(絶句)나 비슷한 형식의 이 시대 악부시는 시의 형식미를 추구하던 이 시대 시인들이 새로운 〈근체시〉를 발전시키는 데 큰 영향을 주었을 것이다.

그리고 남조와 북조의 악부시는 각각 남방과 북방의 지방색에서 오는 성격상의 특징을 뚜렷이 드러내 보여주고 있다. 남조의 악부시는 거의가 사랑이나 그리움 같은 것을 주제로 한 부드럽고도 아름다운 서정시들이다. 이 남조의 악부시들을 읽어보면 사람들은 마치 사랑을 빼놓으면 할 일이 없었던 것처럼 느껴진다. 여기에 뽑은 남조의 악부시도 대부분이 그러한 성격들의 것이다.

그러나 북조의 악부시들은 거세고도 현실적인 작품이 많다. 북조는 남조보다도 훨씬 잦은 전쟁에 휩싸였기 때문일 것이다. 남조의 노래들이 여성적이고 여린 것에 비해 북조의 노래들은 남성적이고도 억세다. 그리고 〈목란사(木蘭辭)〉라는 장편의 서사적(敍事的)인 시를 내고 있다는 것도 주목할 만한 일이다. 여기에 소개한 북조의 악부시들만 읽어보아도 이러한 특징은 쉽사리 파악될 것이다.

어쨌든 이러한 남북조 시대의 남북 민가의 성격 차이는 이 시대 악부시의 내용을 더욱 풍부하게 하고 있다. 그 때문에 한위의 악부시나 마찬가지로 작품의 형식을 중시하는 경향이 짙던 그 시대 시인들에게 여러 가지로 많은 영향을 줄 수가 있었을 것이다.

대체로 중국의 전통 문학은 유교에 의해 그 이념이 지탱되어 왔으므로 거기에서 오는 예교주의(禮敎主義)나 복고주의는 문학을 발전시키기보다는 오히려 메마르고 형식화하게 만드는 경향이 있었다.

그렇지만 중국 문학이 메말라 죽지 않고 계속 발전을 기할 수 있었던 것은 이 악부시와 같은 민간 문학이 끊임없이 새로운 힘을 공급해 주었기 때문이라고 할 수 있다. 한대로부터 남북조 시대에 이르는 귀족 문학 시대에는 악부시가 있어 계속 새로운 생명력을 공급받음으로써 당송(唐宋)시대에 이르러 중국 시가 크게 꽃필 수 있는 기틀이 마련되었던 것이다.

그리고 당대 이후로 시가 크게 성행하면서 그것이 사대부들만이 읽는 그들의 전유물로 화하며 형식화하자, 민간에서는 다시 새로운 형식의 사(詞)를 내놓아 시들어 가는 전통 문학에 새로운 생명력을 불어넣어 주었다. 원(元)대에 성행했던 곡(曲)도 〈사〉와 마찬가지로 형식화하는 전통 문학에 대한 반발로써 대두했던 민간의 노래였다고 할 수 있다.

그러므로 〈사〉와 〈곡〉도 한·위·남북조의 〈악부시〉와 똑같은 성격의 것이어서 옛사람들은 흔히 〈사〉·〈곡〉까지도 〈악부〉라 불렀다. 그러나 〈악부〉와 〈사〉·〈곡〉은 그 문학사적인 의의나 문화사상의 지위가 서로 판연히 다른 것임을 명심해야만 할 것이다.

한위악부
漢魏樂府

성 남쪽에서 싸우다(戰城南)[1]

성 남쪽에서 싸우다
성곽 북쪽에서 죽으니,
들판에서 죽은 채 장사지내지 못하여 까마귀밥 되겠지.

내 대신 까마귀에게 말해 다오.
"그래도 죽은 나그네 위해 곡이라도 해주게나.
들판에서 죽은 채 장사지내지 않으면
썩은 고기 어찌 그대 밥 면할 수가 있겠는가?"고.

물은 깊어 맑기만 하고
창포와 갈대 무성한 속에
용감한 기병(騎兵) 전투하다 죽으니

---

1) 이 시는 《송서(宋書)》 〈악지(樂志)〉에 실려 있는 한요가(漢鐃歌) 18
곡 중의 하나이다. 요가(鐃歌)는 고취곡(鼓吹曲)에 속하는 북쪽 오랑
캐들의 음악에서 유래한 일종의 군가이다. 그러나 〈전성남〉은 적극
적으로 전쟁을 반대하는 뜻을 담은 노래이다. 전쟁 때문에 유능하고
용감한 젊은이가 들판에서 죽어 까마귀밥이 되는 전쟁의 비정(非情)
을 노래하고 있다. 요가(鐃歌)는 오랑캐 음악에서 유래된 데다가 시
대도 오래되어 해독하기 어려운 곳이 많은데, 여기에는 비교적 읽기
에 무난한 것들만을 뽑았다.

노둔(駑鈍)[2]한 말은 그곳을 배회하며 울고 있네.

저 집 짓는 토목 공사에도
무엇 때문에 남쪽 북쪽에서 장정들을 잡아오나!
농사 못 지어 곡식 못 거두면 임금인들 무얼 먹을 건가?
충신이 되고자 해도 어찌 될 수가 있겠는가?

저 훌륭한 신하가 아쉽구나!
훌륭한 신하가 정말 아쉽구나!
아침에 나가 싸우다가
저녁이 되어도 돌아오지 않게 되다니!

---

2) 노둔(駑鈍) : 재주가 없고 미련함.

戰城南(전성남)

戰城南, 死郭北, 野死不葬烏可食.

(전성남, 사곽북, 야사부장오가식.)

爲我謂烏; 且爲客豪,[1] 野死諒[2]不葬, 腐肉安能去子逃?

(위아위오; 차위객호, 야사량부장, 부육안능거자도?)

水深激激,[3] 蒲葦冥冥,[4] 梟騎[5]戰鬪死, 駑馬徘徊鳴.

(수심격격, 포위명명, 효기전투사, 노마배회명.)

梁[6]築室, 何以南,[7] 何以北? 禾黍不穫君何食?

(양축실, 하이남, 하이북? 화서불확군하식?)

願爲忠臣安可得?

(원위충신안가득?)

---

1) 豪(호) : 호(嚎)나 호(嘷)와 통하여 '통곡하는 것'을 뜻한다. 옛날에는 사람이 죽으면 꼭 통곡을 하면서 초혼례(招魂禮)를 갖추어 주었다. 초혼이나 하고서 죽은 사람의 고기를 먹으라는 뜻.

2) 諒(량) : '진실로'.

3) 激激(격격) : 물이 맑은 모양.

4) 冥冥(명명) : 풀이 무성하여 주위가 어둑어둑한 모양.

5) 梟騎(효기) : 좋은 말. 여기서는 용감한 기병(騎兵).

6) 梁(양) : 학자들에 따라 이 대목은 해석이 구구하다. 여기서는 뜻없는 표성자(表聲字)로 보았다(余冠英, 《樂府詩選》).

7) 南(남) : 남쪽에서 장정들을 징발해 오는 것. 북(北)도 마찬가지이다.

思子良臣,[8] 良臣誠可思. 朝行出功, 莫不夜歸!
(사자양신, 양신성가사. 조행출공, 모불야귀!)

---

8) 良臣(양신) : 훌륭한 신하. 장정들을 전쟁이나 역사(役事)로 징발하지
   않을 훌륭한 정치를 해줄 신하를 가리킬 것이다.

그리운 님(有所思)[1]

사랑하는 님은 바로 넓은 바다 남쪽에 있네.

님께 무엇을 드릴까?

대모(玳瑁)로 만든 한 쌍의 옥비녀,

옥으로 둘레를 장식한 거지.

님에게 딴 마음 있다는 말 듣고는

그것을 깨뜨리고 불에 집어넣네.

깨뜨려 불에 집어넣으니, 바람에 재만 날리네.

오늘부턴 다시 생각 말자!

님 그리는 정 끊어 버리자!

닭 울고 개 짖었으니,

형수도 우리 사이 알고 있으리라.

아아! 가을바람 쓸쓸히 일고 매는 하늘을 날고 있는데,

날이 새면 환하게 솟는 해만은 내 마음 알아주리!

---

1) 한(漢) 요가십팔곡(鐃歌十八曲) 중의 한 수(首). ‘소사(所思)’는 사랑
   하는 사람.

有所思(유소사)

有所思, 乃在大海南.

(유소사, 내재대해남.)

何用問遺君? 雙珠玳瑁[1]簪, 用玉紹繚[2]之.

(하용문유군? 쌍주대모잠, 용옥소료지.)

聞君有他心, 拉雜[3]摧燒[4]之.

(문군유타심, 납잡최소지.)

摧燒之, 當風揚其灰.

(최소지, 당풍양기회.)

從今以往, 勿復相思! 相思與君絕!

(종금이왕, 물부상사! 상사여군절!)

雞鳴狗吠, 兄嫂當知之.

(계명구폐, 형수당지지.)

---

1) 玳瑁(대모) : 본시 거북이 종류의 동물 이름. 여기서는 아름답게 조각
   하여 장식한 것을 뜻한다.
2) 紹繚(소료) : 얽다, 두르다. 여기서는 둘레를 옥으로 조각하여 장식했
   음을 뜻한다. 옥비녀 둘레를 조각하여 장식한 것으로 보아도 된다.
3) 拉雜(납잡) : 아무렇게나, 함부로 끌어오는 것.
4) 摧燒(최소) : 부셔서 태우다, 부셔가지고 불에 집어넣다.

妃呼狶5)！ 秋風肅肅晨風颸,
(비호희! 추풍숙숙신풍시,)

東方須臾6)高, 知之.
(동방수유고, 지지.)

---

5) 妃呼狶(비호희) : 감탄사, 또는 곡조의 여성(餘聲).
6) 須臾(수유) : 곧, 얼마 안 있어.

하나님 (上邪)[1]

하나님!
저는 임과 친하게 사귀어
언제나 끊임없기 바랍니다.
산 언덕 닳고
장강(長江) 물이 마르고
겨울에 벼락 치고
여름에 눈 내리고
하늘과 땅이 들러붙는다 해도
어찌 임과 떨어질 수 있으리이까!

1) 이것은 여인이 사랑의 맹세를 노래한 것인 듯하다. 이것도 한요가(漢
鐃歌) 중의 한 편이다. 요가가 군가(軍歌)의 일종이라고 하지만, 여
기에 소개한 두 편을 통해 보더라도 현대의 군가와는 전혀 다른 성
격의 것임이 분명하다. 군대 안에서 오락용으로 유행했던 노래들일지
도 모른다.

上邪(상야)

上邪!1)

(상야!)

我欲與君相知,2) 長命無絶衰.

(아욕여군상지, 장명무절쇠.)

山無陵, 江水爲竭, 冬雷震震, 夏雨雪, 天地合,

(산무릉, 강수위갈, 동뢰진진, 하우설, 천지합,)

乃敢與君絶!

(내감여군절!)

---

1) 上邪(상야) : 상(上)은 상제(上帝), 상천(上天), 하느님을 뜻하며, 야
   (邪)는 조사이다.
2) 相知(상지) : 서로 친하게 사귀는 것.

강남(江南)[1]

강남으로 연꽃 따러 가세!
연잎이 얼마나 퍼들퍼들한가!
물고기 연잎 사이에 놀고 있네.
물고기 연잎 동편에도 놀고
물고기 연잎 서편에도 놀고
물고기 연잎 남쪽에도 놀고
물고기 연잎 북쪽에도 놀고 있네.

---

1) 중국의 강남 지방에 유행했던 채련가(採蓮歌)의 일종으로 간단하면
서도 아름다운 노래이다. 이 작품은 〈상화가(相和歌)〉라는 민요에서
뽑은 작품인데, 〈상화가〉는 한 사람이 노래하고 여러 사람이 화(和)
하도록 되어 있다. 한위시대(漢魏時代)의 〈악부시〉에는 〈상화가〉 중
에 좋은 작품이 가장 많이 전한다.

江南(강남)

江南可採蓮. 蓮葉何田田![1]
(강남가채련. 연엽하전전!)
魚戲蓮葉間.
(어희연엽간.)
魚戲蓮葉東, 魚戲蓮葉西,
(어희연엽동, 어희연엽서,)
魚戲蓮葉南, 魚戲蓮葉北.
(어희연엽남, 어희연엽북.)

---

1) 田田(전전) : 연잎이 물위에 가득 떠있는 모양.

동녘에 해가 뜨다(東光)[1]

동녘이 밝았는가?
이곳 창오(蒼梧)는 어찌하여 밝아지지 않는가?
창오엔 썩는 곡식 많은데
군대 식량에는 아무 도움 안되누나.
여러 부대의 집 떠나온 병사들은
아침 일찍 길 떠나며 슬픈 마음 가누지 못하누나.

---

1) 동녘의 해가 밝아오기 바라는 것은 장기(瘴氣)가 많은 남쪽으로 온
   북방 출신의 병사들이 날이 밝기를 바라는 것일까? 아니면 평화를
   상징하는 밝은 해일까? 정부의 창고 속에는 썩는 곡식이 많은데도
   전쟁에 나선 병사들은 배를 주리며, 두고 온 집과 가족 생각에 슬픔
   을 주체하지 못한다. 백성과 병사의 이러한 고난도 아랑곳없이 한나
   라 무제(武帝)는 외국 정벌에 종사하느라고 국력을 피폐하게 만들고
   사회를 혼란 속으로 몰아넣었다. 그 당시 백성들의 원성이 들리는 시
   이다.

東光(동광)

東光[1]乎? 倉梧[2]何不乎?

(동광호? 창오하불호?)

倉梧多腐粟, 無益諸軍[3]糧.

(창오다부속, 무익제군량.)

諸軍遊蕩子,[4] 早行多悲傷.

(제군유탕자, 조행다비상.)

---

1) 東光(동광) : 동녘이 밝다, 동녘에 해가 뜨다.

2) 倉梧(창오) : 창오(蒼梧)로도 쓰며, 지금의 광서성(廣西省) 오주(梧州) 지방. 남월(南越)을 정벌하러 가는 군대의 병사들이 그곳을 지나며 부른 노래인 듯하다.

3) 諸軍(제군) : 여러 군부대. 많은 학자들이 한(漢)나라 무제(武帝)가 원정(元鼎) 7년(B.C. 112년)에 남월(南越)을 정벌하러 갔던 부대로 보고 있다.

4) 遊蕩子(유탕자) : 집을 떠나 객지에 나와 다니는 사람. 유자(遊子) 또는 탕자(蕩子)라고도 한다.

달래잎의 이슬은(薤露)[1]

달래잎의 이슬은
얼마나 쉽사리 마르나!
이슬은 마르면 내일 아침 또다시 내리는데,
사람 죽어 한번 가면 언제 다시 돌아오나!

---

[1] 이 시는 옛날 상여를 메고 가면서 부르던 만가(挽歌)이다. 뒤의 〈호리(蒿里)〉와 함께 중국의 옛날 만가로 유명하다.

薤露(해로)

薤[1]上露, 何易晞![2]

(해상로, 하이희!)

露晞明朝更復落, 人死一去何時歸!

(노희명조갱부락, 인사일거하시귀!)

---

1) 薤(해) : 부추와 비슷한 식물 이름. 달래인 듯하다.

2) 晞(희) : 마르다.

호리(蒿里)1)

호리는 누구네 집 땅인가?
혼백들 모여 있는데 똑똑한 자 못난 자의 구별도 없네.
귀백(鬼伯)은 얼마나 성화처럼 재촉하는가!
사람 목숨 잠시도 더 붙들어 둘 수 없는 걸세!

---

1) 〈해로(薤露)〉와 함께 〈호리〉는 동제(東齊) 지방에서 유행한 만가(挽
歌)인데, 〈호리〉가 〈해로〉보다 더 널리 유행했다. 최표(崔豹)의 《고
금주(古今注)》에 따르면, 〈해로〉는 왕공귀인(王公貴人)의 상여가 나
갈 때 부르던 노래이고, 〈호리〉는 사대부(士大夫)와 서인(庶人)들의
상여를 멜 때 부르던 노래라고 한다.

蒿里(호리)

蒿里[1]誰家地?　聚斂魂魄無賢愚.
(호리수가지?　취렴혼백무현우.)
鬼伯[2]一[3]何相催促!　人命不得少踟躕.[4]
(귀백일하상최촉!　인명부득소지주.)

---

1) 蒿里(호리) : 태산(泰山) 남쪽의 산 이름으로 죽은 이의 무덤이 많던 곳이라고도 하고, 사람들의 혼백이 몰려 사는 전설적인 지명으로 보기도 한다.

2) 鬼伯(귀백) : 옛날 전설에 의하면 사람들의 혼백을 잡아가는 귀졸(鬼卒), 곧 저승사자.

3) 一(일) : 강조하는 역할을 하는 글자.

4) 踟躕(지주) : 머뭇거리며 나가지 않는 것. 여기서는 목숨을 조금 더 연장시키는 것.

공무도하(公無渡河)[1]

님에게 강 건너가지 말라 하였는데,
님은 강을 건너갔네.
강물에 빠져 죽어 버렸으니,
우리 님 어이할꼬!

---

1) 이 노래는 〈공후인(箜篌引)〉이라고도 부른다. 최표(崔豹)의 《고금주(古今注)》에 이 노래에 대한 설명이 실려 있다. '공후인(箜篌引)이란 조선(朝鮮)의 나루터 사공 곽리자고(霍里子高)의 처 여옥(麗玉)이 지은 것이다. 곽리자고가 아침에 일어나 나룻배를 젓는데, 한 머리가 흰 미친 듯한 남자가 머리는 풀어헤친 채 술병을 들고 여울목을 건너가고 있었다. 그의 처가 그를 따라가면서 말렸으되 말을 듣지 않고 그대로 강물을 건너다 죽어 버렸다. 그러자 공후(箜篌)를 들고 노래를 불렀는데, 노랫소리가 처참하였고, 노래를 마치자 그도 강물에 몸을 던져 죽어 버리는 것이었다. 곽리자고는 집으로 돌아와 여옥에게 얘기하니, 여옥은 그 일을 가슴아파하며 곧 공후를 가져다가 그 일을 노래로 불렀는데, 듣는 사람들로 눈물을 흘리며 울지 않는 이가 없었다. 여옥은 그 곡을 이웃 여자 여용(麗容)에게 전하면서 곡명을 공후인(箜篌引)이라 하였다.'

公無渡河(공무도하)

公無渡河, 公竟渡河.
(공무도하, 공경도하.)
墮河而死, 當奈公何?
(타하이사, 당내공하?)

까마귀 새끼 (烏生)[1]

까마귀가 여덟 아홉 마리의 새끼 낳아
진씨네 집 계수나무 사이에 나란히 앉아 있네.
아차! 진씨 집안에는 장난꾸러기 하나 있어
강한 활로 탄환(彈丸)을 잘 쏘았는데,
왼손엔 강한 활 들고 한꺼번에 두 탄환 쏘면서
까마귀 있는 근처를 돌아다녔네.
아차! 그가 한 발을 쏘자 까마귀 몸에 맞아
까마귀는 죽어 혼백이 하늘 위로 날아가 버렸네.
어미까마귀 새끼 낳은 것은
남산의 바위틈에서였건만!
아차! 백성들이야 까마귀 새끼 있는 곳 어이 알리?
좁은 길 그윽한데 어디로 통하는 길인지?
흰 사슴이 상림원(上林苑) 서쪽에 있는데,
수렵꾼은 또 흰사슴 고기도 얻었다네.

---

1) 이 시는 시의 주제가 애매하다. 아무래도 어지러운 세상에 고통받는
서민들의 생활을 풍자한 것인 듯하다. 먼저 까마귀 새끼들이 제대로
몸을 간수 못하여 횡사하는 얘기를 노래하고, 다음엔 잘 숨어있는 잉
어와 사슴 및 고니의 죽음을 노래하고 있다. 이들은 걸핏하면 횡사하
게 되는 백성들의 목숨에 비유한 것이 아닐까?

아차! 고니는 하늘에 닿을 듯 높이 나는데,
후궁(後宮)에선 그것도 잡아 삶아먹는다네.
잉어는 낙수(洛水)의 깊은 물속에 있는데도
낚싯바늘로 잉어 입을 꿰어 잡는다네.
아차! 사람들의 삶에는
각각 정해진 수명 있거늘
죽고 사는 것을 두고 어이 앞뒤를 따지랴!

烏生 (오생)

烏生八九子, 端坐秦氏桂樹間.
(오생팔구자, 단좌진씨계수간.)
嗟我1)! 秦氏家有遊遨蕩子2),
(차아! 진씨가유유오탕자,)
工用睢陽彊3)蘇合彈4),
(공용휴양강소합탄,)
左手持彊彈兩丸, 出入烏東西.
(좌수지강탄량환, 출입오동서.)
嗟我! 一丸卽發中烏身, 烏死魂魄飛揚上天.
(차아! 일환즉발중오신, 오사혼백비양상천.)
阿母生烏子時, 乃在南山巖石間.
(아모생오자시, 내재남산암석간.)

---

1) 嗟我(차아) : 감탄사. 까치의 울음소리 같기도 하나, 어떻든 절망을
   나타내는 감탄사이다.
2) 蕩子(탕자) : 건달, 장난꾸러기.
3) 睢陽彊(휴양강) : 춘추(春秋)시대 송(宋)나라의 지명, 좋은 활의 명산
   지. 강(彊)은 강한 활.
4) 蘇合彈(소합탄) : 소합은 서역에서 나는 향(香) 이름. 소합탄은 소합
   향과 진흙을 섞어서 만든 탄환(彈丸)이다.

嗟我！ 人民安知烏子處, 蹊徑5)窈窕6)安從通?

(차아! 인민안지오자처, 혜경요조안종통?)

白鹿乃在上林7)西苑中, 射工尚復得白鹿脯8).

(백록내재상림서원중, 사공상부득백록포.)

嗟我！ 黃鵠摩天極高飛, 後宮尚復得烹煮之.

(차아! 황곡마천극고비, 후궁상부득팽자지.)

鯉魚乃在洛水深淵中, 釣鉤尚得鯉魚口.

(이어내재낙수심연중, 조구상득리어구.)

嗟我！ 人民生各各有壽命, 死生何須復道前後?

(차아! 인민생각각유수명, 사생하수부도전후?)

---

5) 蹊徑(혜경) : 좁은 길.

6) 窈窕(요조) : 그윽한 것, 어둑어둑한 것.

7) 上林(상림) : 상림원(上林苑), 장안에 있던 천자의 사냥터.

8) 脯(포) : 육포(肉脯), 말린 고기.

서문행(西門行)[1]

서문을 나서서
걸어가며 생각해 보니,
오늘 즐기지 않고
어느 때를 기다릴 건가?
가능한 대로 즐겨라!
가능한 대로 즐겨라!
때를 놓치지 말아야지.
그 어찌 시름으로 가슴 졸이며
오는 날을 기다리겠는가?
좋은 술 빚고
살찐 쇠고기 구워,
마음에 드는 친구 불러

---

1) 인생은 풀잎의 이슬이나 같은 것이니 살아있는 동안에 마음껏 즐기라는 시. 그런 중에도 인생의 숙명(宿命)에 대한 비애 같은 것도 숨겨져 있다. 중국의 고대 시가에는 죽지 않을 수 없는 인생이나 덧없이 흘러가는 시간을 슬퍼하는 내용의 것들이 많다. 한위(漢魏)시대에는 선술(仙術)을 닦고 불로장생(不老長生)을 추구하며 사람의 생명을 연장시켜 보려고 애썼지만 아무런 소용도 없었다. 그러한 인생의 숙명이나 시간에 대한 슬픔은 불교가 들어와 윤회사상(輪廻思想)이 보편화하면서 남북조(南北朝)시대에 이르러서야 초극(超克)되기 시작한다.

함께 시름이나 풀어야지.

인생은 백년도 못되는데
늘 천 년의 시름 품고 있네.
낮 짧고 밤 긴 게 괴로우면
어찌하여 촛불 밝히고 놀지 않는가?
하늘의 구름 걷히듯 왔다갔다 노닐기 위해
헌 수레와 여윈 말도 장만해 두는 거지.

西門行(서문행)

出西門, 步念之,
(출서문, 보념지,)

今日不作樂, 當待何時?
(금일부작락, 당대하시?)

逮爲樂!1) 逮爲樂! 當及時.
(체위락! 체위락! 당급시.)

何能愁怫鬱,2) 當復待來茲?3)
(하능수불울, 당부대래자?)

釀美酒, 炙4)肥牛,
(양미주, 적비우,)

請呼心所懽, 可用解憂愁.
(청호심소환, 가용해우수.)

人生不滿百, 常懷千歲憂.
(인생불만백, 상회천세우.)

---

1) 逮爲樂(체위락) : 급히 즐겨라, 애써 즐겨라.

2) 怫鬱(불울) : 답답한 모양, 근심하는 모양.

3) 來茲(내자) : 앞으로 올 날.

4) 炙(적) : 불에 고기를 굽는 것.

晝短苦夜長, 何不秉燭遊?
(주단고야장, 하불병촉유?)

遊行去去[5]如雲除,[6] 弊車羸馬爲自儲.
(유행거거여운제, 폐거리마위자저.)

---

5) 去去(거거) : 놀러다니는 모양.

6) 雲除(운제) : 하늘의 구름이 자취도 없이 걷히는 것.

동문행(東門行)[1]

동문을 나서면
돌아올 엄두도 내기 어려우리라 생각하며,
집 문을 들어서자 슬픔을 가누지 못하네.
항아리 안엔 한 쪽박의 쌀도 남은 게 없고
다시 옷걸이를 둘러봐도 걸려 있는 옷이라곤 없네.
칼 빼어들고 동문 쪽으로 가려 하니
집안의 아이 어미는 옷자락 부여잡고 우네.
"딴 사람들은 부귀한 삶만을 바라지마는
저는 당신과 함께라면 죽을 먹으면서라도 살겠어요.
위로는 푸른 하늘 내려다보고 계시고
아래로는 이 어린 자식들 있음을 생각하셔야지요.
이러시면 안 됩니다!"
"비켜요! 가야 하오! 내 결심이 늦은 감이 있소!
머리 희어지도록 이대로 살 수는 없소!"

---

1) 가난에 시달린 젊은 남자가 굶주리고 헐벗는 처자의 모양을 보다 못
해 칼을 빼들고 강도짓이라도 하려고 집을 나서는 모양을 노래한 것
같다. 그는 자기 처가 죽이라도 먹으면서 그대로 살자고 울면서 말리
는데도 그를 뿌리치고 집을 나섰다. 동문 밖이 그가 노리는 장소였던
것 같다. 어느 사회에나 부귀의 그늘에는 이처럼 비참한 가난이 도사
리기 일쑤였던 것 같다.

東門行(동문행)

出東門, 不顧歸, 來入門, 悵欲悲.
(출동문, 불고귀, 내입문, 창욕비.)
盎¹⁾中無斗²⁾米儲, 還視架³⁾上無懸衣.
(앙중무두미저, 환시가상무현의.)
拔劍東門去, 舍中兒母⁴⁾牽衣啼 ;
(발검동문거, 사중아모견의제 ;)
他家但願富貴, 賤妾與君共飽糜.⁵⁾
(타가단원부귀, 천첩여군공포미.)
上用⁶⁾倉浪⁷⁾天故, 下當用此黃口兒.⁸⁾
(상용창랑천고, 하당용차황구아.)

---

1) 盎(앙) : 동이, 곡식을 담아두는 그릇.
2) 斗(두) : 여기서는 물이나 곡식을 뜨는 자루 달린 국자 같은 그릇.
3) 架(가) : 옷걸이.
4) 兒母(아모) : 아이 어미. 집을 나서려는 남자의 처.
5) 餔糜(포미) : 죽을 먹다.
6) 用(용) : 생각하라, 중히 여기라는 뜻.
7) 倉浪(창랑) : 하늘이 푸른 모양.
8) 黃口兒(황구아) : 어린 자식. 새끼제비의 주둥이가 노란 데서 나온 말.

今非!9)

(금비!)

咄!10) 行! 吾去爲遲!

(돌! 행! 오거위지!)

白髮時下11)難久居.

(백발시하난구거.)

---

9) 今非(금비) : 지금은 그릇되었다, 지금의 행동은 옳지 않다.

10) 咄(돌) : 꾸짖는 말.

11) 白髮時下(백발시하) : 흰 머리가 가끔 빠진다. 그러나 문맥으로 보아
   '백발이 될 때까지'의 뜻으로 보는 게 옳을 것 같다.

부병행 (婦病行)1)

부인이 병든 지 여러 해 여러 날 된 때
남편을 앞에 불러놓고 한말씀 드리려는데,
한말씀 미처 드리기도 전에
눈물 먼저 줄줄 흘러내린다.
"당신에게 이 어미 없는 자식들 맡기오니
그 자식들 굶주리고 헐벗게 하지 마시고
잘못 저지르더라도 참고 매질 마십시오.
곧 죽을 이 몸이니
굽어살펴 주십시오!"

생각건대,
어린 것들 변변히 옷도 없어
짧은 저고리는 안도 없는 홑것일 터인데,

---

1) 병들어 죽어가는 어머니가 남편에게 자식을 부탁한다. 그 병든 어머니의 말에서는 가난에 쪼들리던 서민들의 생활이 느껴진다 더욱이 '생각건대' 이하 어머니가 죽은 뒤의 남편과 어린 자식들의 생활하는 모양을 상상하고 노래한 부분은 처참하기 짝이 없다. 중국의 시는 《시경(詩經)》에서 이미 여러 나라의 민요들을 〈풍(風)〉이라 불렀는데, 〈풍〉에는 '풍유(諷諭)의 뜻'도 곁들어 있어서 후세에도 계속 이러한 사회시들을 적지 않게 짓도록 하였다.

아비는 문 닫고 창문 걸고
어린 자식들만 집에 두고 저자로 나갈 테지.
길가다 친구 만나면
주저앉아 울며 일어서지도 못하고
어미 없는 자식 먹을 것 좀 사게 해달라고 빌 테지.
친구 앞에 두고 울면서
눈물 거두지 못하고
"내 슬퍼하지 않으려 해도 어쩔 수 없게 되었소!"하면,
주머니 속을 뒤져 돈 꺼내 주고서,
친구집 따라가 보면
어미 없는 자식들 울면서 어미 찾고 있는 걸 보고
아이들을 안고 빈 집안을 왔다갔다하다가는
"곧 애들도 어미 따라 가겠네!"하고 뇌까리리라.
아서라, 더 말해 무엇하리!

婦病行(부병행)

婦病連年累歲,[1] 傳呼丈人[2]前一言,
(부병련년루세, 전호장인전일언,)

當言未及得言, 不知淚下一何[3]翩翩.[4]
(당언미급득언, 부지루하일하편편.)

屬累[5]君兩三孤子,
(촉루군양삼고자,)

莫我兒饑且寒, 有過愼莫笪笞,[6]
(막아아기차한, 유과신막단태,)

行[7]當折搖,[8] 思復念之!
(행당절요, 사부념지!)

---

1) 累歲(누세) : 여러 해, 연년(連年)과 같은 뜻.

2) 丈人(장인) : 장부(丈夫), 남편.

3) 一何(일하) : 그 얼마나, 뜻을 강조하는 역할을 함.

4) 翩翩(편편) : 쉬지 않고 흐르는 모양.

5) 屬累(촉루) : 부탁하다.

6) 笪笞(단태) : 매질하는 것.

7) 行(행) : 곧, 바로.

8) 折搖(절요) : 절요(折夭), 요절(夭折), 일찍 죽는 것.

亂曰,[9)

(난왈,)

抱時[10)無衣,[11)　襦[12)復無裏.[13)

(포시무의, 유부무리.)

閉門塞牖, 舍孤兒到市.

(폐문색유, 사고아도시)

道逢親交,[14)　泣坐不能起,

(도봉친교, 읍좌불능기,)

從乞求與孤買餌.

(종걸구여고매이.)

對交[15)啼泣, 淚不可止,

(대교제읍, 누불가지,)

我欲不傷悲不能已.

(아욕불상비불능이.)

---

9) 亂曰(난왈) : 음악의 종장(終章)을 나타내는 말. 합창하는 부분이었
　　을 가능성이 많다. 여기서는 내용에 맞추어 '생각건대'로 옮겨놓았다.

10) 抱時(포시) : 어린 것들, 품에 안을 만한 때의 아이.

11) 衣(의) : 여기서는 뒤의 유(襦)에 대(對)가 되는 긴 옷[長衣]을 가리
　　킨다.

12) 襦(유) : 단의(短衣). 길이가 짧은 저고리.

13) 裏(리) : 옷의 안. 안이 없음은 홑옷임을 뜻한다.

14) 親交(친교) : 친구.

15) 交(교) : 친교(親交), 친구.

探懷中錢持授.

(탐회중전지수.)

交入門, 見孤兒啼索其母,

(교입문, 견고아제색기모,)

抱徘徊空舍中,

(포배회공사중,)

行復爾耳![16]

(행부이이!)

棄置勿復道.[17]

(기치물부도.)

---

16) 行復爾耳(행부이이) : 곧 다시 그렇게 될 것이다. 곧 아이들도 어미
　　처럼 죽고 말 것이라는 뜻.

17) 棄置勿復道(기치물부도) : 버려두고 다시는 말하지 마라, 더 얘기하
　　지 말자. 악공(樂工)의 말인 듯하다.

고아행 (孤兒行)[1]

고아가 태어났는데
고아는 어쩌다 태어난 것이니
고통스런 운명 타고난 것.
부모님 살아계실 적에는
좋은 수레에
네 필 말 매어 타고 다녔는데,
부모님 돌아가시고 나니
형수가 내게 행상(行商)을 시키네.
남쪽으로 구강(九江)까지 가고
동쪽으로 제로(齊魯) 지방 돌아다니다
섣달에야 돌아와서도
괴로웠던 일 말도 못하네.
머리에는 이 서캐 득실거리고
얼굴은 때 먼지투성이인데,

---

1) 부모를 일찍 여윈 고아가 형수에게 푸대접을 받으며 살아가는 비참
한 모습을 노래한 것이다. 〈악부시〉 중에서도 〈동문행(東門行)〉, 〈부
병행(婦病行)〉과 함께 서민 생활 속의 괴로움을 고발한 대표적인 사
회시의 하나이다. 한대(漢代) 귀족 사회의 그늘에는 언제나 이와 같
은 비참한 서민들의 생활이 가리워져 있었던 것이다.

큰형은 밥 지으라 하고
형수는 말을 돌보라 하네.
높은 대청 올라갔다 다시
곧 저쪽 전각(殿閣) 아래 대청으로 달려갔다 하다 보니
고아의 눈물은 비 오듯 쏟아지네.

아침에 물길러 오라고 시키면
저녁까지 물길러 오는데,
손은 트고
발에는 짚신조차도 없어
종종걸음으로 서리땅 밟고 가다
가시 찔리기 일쑤이니,
뒤꿈치에서 부러진 가시 뽑노라면
설움이 복받치어,
눈물 줄줄 흘러내리고
콧물 그치지 않네.
겨울엔 겹옷 없고
여름엔 홑옷 없네.
살아야 괴롭기만 하니
일찍 죽어 땅속 황천(黃泉) 부모님 곁으로 가버릴까?

봄기운 피어나
풀 싹 솟아나면
삼월달엔 뽕누에 치고
유월달엔 참외 거두는데,

참외 수레 끌고서
집으로 돌아오다
참외 수레 뒤집히면
나를 도와주는 이는 적고
참외를 모두 주워 먹네.
"참외 꼭지라도 제게 돌려줘요!
형과 형수님 엄하시니
집으로 돌아가면
틀림없이 따질 거예요!"

그리고 보니,
온 마을이 꾸짖는 소리로 시끄럽네.
편지라도 써서
땅 밑의 부모님께 부쳐 볼까?
형수와는 함께 살 수가 없네.

孤兒行(고아행)

孤兒生, 孤兒遇生,[1] 命獨當苦.
(고아생, 고아우생, 명독당고.)
父母在時, 乘堅車,[2] 駕駟[3]馬.
(부모재시, 승견거, 가사마.)
父母已去, 兄嫂令我行賈,[4]
(부모이거, 형수령아행고,)
南到九江,[5] 東到齊與魯,[6]
(남도구강, 동도제여로,)
臘月[7]來歸, 不敢自言苦.
(납월래귀, 불감자언고.)

---

1) 遇(우) : 우(偶)와 통하여, 우연히, 어쩌다.
2) 堅車(견거) : 튼튼한 수레, 좋은 수레.
3) 駟(사) : 한 채의 수레를 끄는 네 마리 말.
4) 行賈(행고) : 행상(行商).
5) 九江(구강) : 지금의 안휘성(安徽省) 수현(壽縣) 근처 땅 이름.
6) 齊與魯(제여로) : 제(齊)와 노(魯). 모두 지금의 산동성(山東省)에 해
   당하는 땅 이름.
7) 臘月(납월) : 섣달, 12월.

70

頭多蟣虱,[8] 面目多塵.

(두다기슬, 면목다진.)

大兄言辨飯,[9] 大嫂言視馬.

(대형언판반, 대수언시마.)

上高堂, 行取[10]殿下堂, 孤兒淚下如雨.

(상고당, 행취전하당, 고아루하여우.)

使我朝行汲, 暮得水來歸,

(사아조행급, 모득수래귀,)

手爲錯,[11] 足下無菲,[12]

(수위착, 족하무비,)

愴愴[13]履霜, 中多蒺藜,[14]

(창창리상, 중다질려,)

拔斷蒺藜腸月[15]中, 愴欲悲,

(발단질려장월중, 창욕비,)

---

8) 蟣虱(기슬) : 서캐와 이.

9) 辨飯(판반) : 밥을 짓다.

10) 取(취) : 취(趣)와 통하여, 급히 달려가는 것.

11) 錯(착) : 작(皵)과 통하여, 살갗이 트는 것.

12) 菲(비) : 비(扉)와 통하여, 짚신.

13) 愴愴(창창) : 창창(蹌蹌)과 통하여 종종걸음을 걷는 모양.

14) 蒺藜(질려) : 일종의 덩굴풀로 열매에 가시가 달려 있다. 여기서는
그 가시를 뜻한다.

15) 腸月(장월) : 장(腸)은 비장(腓腸)으로 발뒤꿈치. 월(月)은 육(肉)의
별체자(別體字).

淚下渫渫,[16]　清涕纍纍.[17]

(누하설설, 청체류류.)

冬無複襦,[18]　夏無單衣.

(동무복유, 하무단의.)

居生不樂, 不如早去, 下從地下黃泉!

(거생불락, 불여조거, 하종지하황천!)

春氣動, 草萌芽,

(춘기동, 초맹아,)

三月蠶桑, 六月收瓜.

(삼월잠상, 유월수과.)

將是瓜車, 來到還家,

(장시과거, 내도환가,)

瓜車反覆, 助我者少, 啗瓜者多.

(과거반복, 조아자소, 담과자다.)

願還我蒂![19]　兄與嫂嚴,

(원환아체! 형여수엄,)

獨[20]且急歸, 當興校計.[21]

(독차급귀, 당흥교계.)

---

16) 渫渫(설설) : 눈물이 흐르는 모양.

17) 纍纍(류류) : 그침이 없는 모양.

18) 複襦(복유) : 겹저고리.

19) 蒂(체) : 꼭지, 체(蒂)로도 쓴다.

20) 獨(독) : 장(將)과 통함.

21) 校計(교계) : 계교(計較)와 같은 말로, 사실을 따지는 것.

亂曰:

(난왈:)

里中一何譊譊![22)

(이중일하요요!)

願欲寄尺書, 將與地下父母,

(원욕기척서, 장여지하부모,)

兄嫂難與久居.

(형수난여구거.)

---

22) 譊譊(요요) : 꾸짖는 소리가 시끄러운 모양.

밭둔덕의 뽕나무(陌上桑)[1]

해가 동남쪽에 솟아올라
우리 진씨(秦氏) 집을 비치고 있네.
진씨 집에는 어여쁜 딸이 있는데
그의 이름 나부(羅敷)였네.
나부는 뽕누에 치기 좋아하여
성 남쪽으로 뽕을 따러 갔는데,
푸른 실로 바구니 끈 매었고
계수나무 가지로 바구니 고리 달았으며,
머리에는 예쁜 쪽 지어 있고
귀에는 명월주(明月珠) 매달려 있으며,
감색 비단 치마에
자주색 비단 저고리 입었네.
길가던 자들은 나부를 보고
짐 내려놓고 수염 쓰다듬고,

---

1) 이것은 서사적(敍事的)인 시가이다. 서사시가 별로 발달하지 않았던 고대의 중국 문학에서 소중한 자료의 하나라 할 것이다. 그리고 한대의 〈악부시〉는 시대가 흐름에 따라, 점점 오언(五言)으로 구절이 정형화(定型化)한다. 이처럼 완정(完整)한 오언시는 후한(後漢) 말엽에 이루어진, 이미 앞에 소개한 작품들보다는 시대가 약간 뒤진 작품이라 보아도 큰 잘못은 없을 줄로 안다.

젊은이들은 나부를 보고는
관을 벗고 망건을 매만지며,
밭 갈던 사람은 쟁기를 잊고
김 매던 사람은 호미를 잊네.
집으로 돌아가서는 모두 화만 내는데
그것은 오직 나부를 보았기 때문이라네.

고을 태수(太守)가 남쪽으로부터 오다
수레 끌던 오마(五馬)를 멈추게 하고는,
관원(官員)을 보내어
누구 집 아가씨인가 물어오라 하네.
"진씨(秦氏) 집의 어여쁜 딸이온데
이름은 나부라 한다 하옵니다."
"나부의 나이 몇인고?"
"스물은 아직 덜 되었고
열다섯은 훨씬 넘었다 하옵니다."
태수께서 나부에게 묻기를
"내 수레에 함께 타고 갈 수 없겠는가?"고 하니
나부 앞으로 나와 하는 말이,
"태수께서는 어째서 그렇게 어리석으십니까?
태수께는 부인이 계시고
나부에게는 남편이 있습니다."

"동방의 1천여 기병(騎兵) 중에서도
그분이 맨 앞머리에 서시는데,

어떻게 그분을 알아보는가 말씀드리리까?
흰 말에 검은 망아지를 거느리고 있는데
푸른 실을 말꼬리에 매었고
황금으로 말머리 장식했고
허리에는 녹로검(鹿盧劍)을 찼는데
값이 천만금(千萬金) 넘으리이다.
열다섯 살에 부소사(府小史) 되었고
스무 살에는 조대부(朝大夫) 되었고
서른 살에는 시중랑(侍中郎) 되었고
마흔이 되어는 한 성을 차지하고 계십니다.
사람생김이 깨끗하고도 희고
길게 적지 않은 수염이 났고,
점잖이 공부(公府)를 걸어다니시고
의젓이 부중(府中)을 왕래하십니다.
한 자리에 수천 명이 모여도
모두 그분이 빼어나셨다고들 말하고 있습니다."

陌上桑(맥상상)

日出東南隅,[1] 照我秦氏樓.

(일출동남우, 조아진씨루.)

秦氏有好女, 自名爲羅敷.

(진씨유호녀, 자명위라부.)

羅敷喜蠶桑, 採桑城南隅.

(나부희잠상, 채상성남우.)

青絲爲籠係,[2] 桂枝爲籠鉤.

(청사위롱계, 계지위롱구.)

頭上倭墮髻,[3] 耳中明月珠,

(두상왜타계, 이중명월주,)

緗綺[4]爲下裙, 紫綺爲上襦.

(상기위하군, 자기위상유.)

---

1) 隅(우) : 쪽, 편.

2) 籠係(농계) : 바구니 끈.

3) 倭墮髻(왜타계) : 한대(漢代) 장안(長安) 부인들에게 유행하던 머리쪽
   의 한 양식(崔豹, 《고금주(古今注)》). 또는 왜타(倭墮)는 위타(委佗)
   와 통하여 '아름답고 멋진 모양'이라 보는 이도 있다(余冠英, 《악부시
   선(樂府詩選)》).

4) 緗綺(상기) : 상(緗)은 적황색(赤黃色) 감빛, 기(綺)는 무늬가 있는 비단.

行者見羅敷, 下擔捋髭鬚.
(행자견라부, 하담랄자수.)
少年見羅敷, 脫帽著帩頭.5)
(소년견라부, 탈모착초두.)
耕者忘其犂, 鋤者忘其鋤.6)
(경자망기리, 서자망기서.)
來歸相怒怨,7) 但坐8)觀羅敷.
(내귀상노원, 단좌관라부.)

使君9)從南來, 五馬10)立踟躕.11)
(사군종남래, 오마입지주.)
使君遣吏往, 問是誰家姝.
(사군견리왕, 문시수가주.)

---

5) 帩頭(초두) : 관을 쓰기 전에 머리털을 간추려 모은 건(巾).

6) 鋤(서) : 김 매는 것, 호미.

7) 怒怨(노원) : 성내며 원망하다. 예쁜 나부(羅敷)를 보고 나니 자기
　　처가 추하게 느껴져 성내고 원망하는 것이다.

8) 坐(좌) : 인(因). 때문, 까닭.

9) 使君(사군) : 태수(太守)나 자사(刺史)의 칭호(《후한서(後漢書)》, 〈왜
　　순전(倭恂傳)〉).

10) 五馬(오마) : 옛날 제후(諸侯)들의 수레는 다섯 마리의 말이 끌었고,
　　한대에는 태수(太守)의 수레도 오마(五馬)였다.

11) 蜘躕(지주) : 나가지 못하고 서성이고 있는 것.

秦氏有好女, 自名爲羅敷.
(진씨유호녀, 자명위라부.)

羅敷年幾何?
(나부년기하?)

二十尚不足, 十五頗有餘.
(이십상부족, 십오파유여.)

使君謝12)羅敷, 寧可共載不?
(사군사라부, 영가공재불?)

羅敷前致辭, 使君一何愚?
(나부전치사, 사군일하우?)

使君自有婦, 羅敷自有夫.
(사군자유부, 나부자유부.)

東方千餘騎, 夫壻13)居上頭.
(동방천여기, 부서거상두.)

何用識夫壻? 白馬從驪駒.14)
(하용식부서? 백마종려구.)

青絲繫馬尾, 黃金絡15)馬頭,
(청사계마미, 황금락마두,)

---

12) 謝(사) : 묻다, 인사하다.

13) 夫壻(부서) : 나부가 자기 남편을 가리키는 말.

14) 驪駒(여구) : 털이 검은 망아지, 남편 부하들의 말을 말한다.

15) 絡(락) : 얽다. 말머리에 줄을 감고 황금으로 장식한 것이다.

腰中鹿盧劍,[16] 可値千萬餘.

(요중록로검, 가치천만여.)

十五府小史,[17] 二十朝大夫,

(십오부소사, 이십조대부,)

三十侍中郎, 四十專城居.[18]

(삼십시중랑, 사십전성거.)

爲人潔白晳,[19] 鬒鬒頗有鬚.

(위인결백석, 염렴파유수.)

盈盈[20]公府[21]步, 冉冉[22]府中[23]趨.

(영영공부보, 염염부중추.)

坐中數千人, 皆言夫婿殊.

(좌중수천인, 개언부서수.)

---

16) 鹿盧劍(녹로검) : 녹로검(轆轤劍)으로도 쓰며 옛날의 명검 이름. '녹로'는 도르래의 뜻, 옛날에는 손잡이와 칼날 사이에 도르래처럼 생긴 장식을 달았다.

17) 府小史(부소사) : 태수부(太守府)에서 일하는 관리.

18) 專城居(전성거) : 한 성을 차지하고 지내다, 주목(州牧)이나 태수(太守)를 뜻한다.

19) 白晳(백석) : 살갗이 흰 것.

20) 盈盈(영영) : 걸음걸이가 점잖은 모양.

21) 公府(공부) : 삼공(三公)의 관청.

22) 冉冉(염염) : 의젓이 걷는 모양.

23) 府中(부중) : 태수부(太守府) 안.

원가행 (怨歌行) 1)

새로이 제(齊)나라 고운 비단 잘라내니
희기 서리 눈 같은데,
말라서 합환선(合歡扇) 만들어 놓으니
동그란 밝은 달 같네.
임의 품 속 드나들며
흔들흔들 산들바람 내면서도,
언제나 가을철 와서
싸늘한 바람이 무더위 앗아가면
장농 속에 내던져지고
알뜰한 사랑 도중에 끊이어질까 두려워하네.

---

1) 사랑받는 여인이 자신을 부채에 비유하여 노래한 것이다. 지금은 자기가 젊고 아름다워 남편의 사랑을 받고 있지만, 늙고 추하게 변한 뒤에는 버림받을지도 모른다는 것이다. 정실(正室)은 아닌 여자인 듯. 옛날 시선집(詩選集)들(梁陳 이래)에는 모두 반첩여(班婕妤)의 시로 되어 있으나(간혹 안연년(顔廷年)의 작품이라고도 한다) 믿을 수 없다. 이선(李善)의 《문선(文選)》 주(注)에서는 《가록(歌錄)》을 인용하여 '원가행(怨歌行)은 고사(古辭)'라 말하고 있다. 녹흠립(逯欽立)은 《한시별록(漢詩別錄)》에서 위대(魏代)의 고급 영인(伶人)들의 작품이라 단정하고 있는데 참고할 만한 견해이다.

怨歌行(원가행)

新裂齊紈素,[1] 皎潔如霜雪,
(신열제환소, 교결여상설,)
裁爲合歡扇,[2] 團團似明月.
(재위합환선, 단단사명월.)
出入君懷袖, 動搖微風發,
(출입군회수, 동요미풍발,)
常恐秋節至, 凉飇[3]奪炎熱.
(상공추절지, 양표탈염렬.)
棄捐篋笥[4]中, 恩情中道絶.
(기연협사중, 은정중도절.)

---

1) 紈素(환소) : 환(紈)은 가볍고도 가는 흰 비단, 제(齊)나라에서 생산되는 게 유명했다. 소(素)는 생견(生絹), 흰 비단.

2) 合歡扇(합환선) : 합환(合歡)은 사랑을 상징하는 무늬의 일종임. 부채 이외에도 한대 사람들의 시 속에는 '합환피(合歡被)' '합환유(合歡襦)' 등이 보인다. 부채나 이불 또는 저고리에 '합환'의 무늬가 수놓여 있었던 것 같다.

3) 飇(표) : 회오리바람, 사나운 바람.

4) 篋笥(협사) : 장농, 옷장.

장가행 (長歌行)[1] ─ 2 수(首)

푸릇푸릇한 채마밭 속 아욱에 내린
아침 이슬은 해 뜨면 말라 버릴 것.
따스한 봄빛은 은덕을 베풀어
만물이 생기를 발하고 있지마는,
언제나 두려운 건 가을철이 와
누렇게 시들어 싱싱한 잎새 시드는 걸세.
모든 냇물 동쪽 바다로 흘러가서는
언제 다시 서쪽으로 되돌아오던가?
젊어서 노력하지 않으면
늙어서 부질없이 슬퍼하게 되리라.

신선이 흰 사슴 타고 있는데,
머리는 짧은데 비하여 귀는 얼마나 긴가!
나를 태화산으로 오르도록 인도하여
지초(芝草)를 캐고 적당(赤幢)을 구했네.

---

1) 〈장가행〉은 청상곡사(淸商曲辭) 평조곡(平調曲)에 속하는 노래이다.
   인생은 짧고, 시간은 쉴 새 없이 흘러가고 있다. 그러니 사람이란 젊
   고 힘있을 적에 열심히 일하고 뜻있는 일을 추구해야만 뒤에도 후회
   하지 않을 삶을 살 수 있게 된다는 교훈적인 가사이다.

주인집 문으로 돌아와서,
옥 상자에 약을 받쳐 올렸네.
주인은 이 약 먹고서
몸이 날로 건강해졌고,
흰 머리 다시 검어져
오래오래 장수했다네.

長歌行(장가행)

青青園中葵,[1] 朝露待日晞.[2]

(청청원중규, 조로대일희.)

陽春布德澤,[3] 萬物生光輝.[4]

(양춘포덕택, 만물생광휘.)

常恐秋節至, 焜[5]黃華葉衰.

(상공추절지, 혼황화엽쇠.)

百川[6]東到海, 何時復西歸?

(백천동도해, 하시부서귀?)

少壯不努力, 老大徒傷悲.

(소장불노력, 노대도상비.)

仙人騎白鹿, 髮短耳何長!

(선인기백록, 발단이하장!)

---

1) 葵(규) : 아욱. 해바라기.
2) 晞(희) : 마르다.
3) 德澤(덕택) : 은덕, 봄의 따스한 햇빛과 훈훈한 바람 등을 가리킨다.
4) 光輝(광휘) : 빛, 여기서는 단순한 빛이 아니라 생기를 뜻한다.
5) 焜(혼) : 누렇게 시드는 것.
6) 百川(백천) : 모든 냇물.

導我上太華[7], 攬芝[8]獲赤幢[9].
(도아상태화, 남지획적당.)

來到主人門, 奉藥一玉箱.
(내도주인문, 봉약일옥상.)

主人服此藥, 身體日康强.
(주인복차약, 신체일강강.)

髮白復更黑, 延年壽命長.
(발백부갱흑, 연년수명장.)

---

7) 太華(태화) : 산 이름. 바로 서악(西嶽)인 태화산(太華山).

8) 芝(지) : 지초(芝草), 먹으면 장수한다는 영초(靈草).

9) 赤幢(적당) : 적색의 지초(芝草). 모양이 수레의 덮개 같다하여 당(幢)이라 부르며, 거개(車蓋)라고도 한다.

상봉행 (相逢行)[1]

좁은 골목에서 서로 만나니
길이 좁아 수레도 잘 지나갈 수 없을 지경인데,
무엇 하는 젊은이인지는 알지 못하나
수레바퀴통 마주 댄 채 당신 집 어디요 하고 물어보았네.

당신 집 정말 알아내기 쉬웠고
알아내기 쉬운 위에 또 잊을 수도 없네.
황금으로 당신 집 문 만들어졌고
백옥으로 당신 집 대청 꾸몄네.
대청에 술통 벌여놓고
한단(邯鄲)의 기녀들에게 놀이를 시키네.

마당 가운데엔 계수나무 자라있고,
가지엔 화려한 등불이 환하게 비치고 있네.

형제 세 명이 있는데
그중 둘째가 시랑(侍郎)이라네.

---

1) 한나라 귀족 집안의 호화로운 생활을 묘사한 시. 역시 그 시대의 사
   회상을 반영하고 있다.

닷새마다 한 번씩 집에 돌아오는데
그때마다 길에는 빛이 환하네.
황금으로 타는 말머리 둘렀고,
구경꾼들은 길가에 가득하네.
집으로 들어와서는 가끔 뒤돌아보는데,
오직 연못엔 쌍쌍의 원앙새만 보이네.
원앙새 일흔두 마리가
늘어서 자연스레 줄을 이루고,
우는 소리 높다랗게
동서쪽 행랑에선 학 울음소리 들리네.

큰며느리는 무늬 아름다운 비단 짜고
둘째며느리는 유황(流黃) 비단 짜는데,
막내며느리는 할 일 없어
거문고 들고 높은 대청으로 올라와,
말하기를, 아버님 편히 앉으세요,
거문고 더 뜯어 드릴게요.

相逢行(상봉행)

相逢狹路間, 道隘不容車.
(상봉협로간, 도애불용거.)

不知何年少, 夾轂[1]問君家.
(부지하년소, 협곡문군가.)

君家誠易知, 易知復難忘.
(군가성이지, 이지부난망.)

黃金爲君門, 白玉爲君堂.
(황금위군문, 백옥위군당.)

堂上置樽酒, 作使邯鄲倡[2].
(당상치준주, 작사한단창.)

中庭生桂樹, 華燈何煌煌[3]?
(중정생계수, 화등하황황?)

---

1) 轂(곡) : 수레바퀴통, 바퀴살이 모여있는 수레바퀴 중간의 통이다.

2) 邯鄲倡(한단창) : 한단은 옛날 조(趙)나라 땅. 창(倡)은 기녀(妓女).
   한단 지방의 여자들은 가무(歌舞)를 잘하기로 예부터 유명했다.

3) 煌煌(황황) : 빛나는 모양, 밝은 모양.

兄弟兩三人, 中子爲侍郎4).
(형제량삼인, 중자위시랑.)

五日一來歸, 道上自生光.
(오일일래귀, 도상자생광.)

黃金絡馬頭, 觀者盈道傍.
(황금락마두, 관자영도방.)

入門時左顧5), 但見雙鴛鴦.
(입문시좌고, 단견쌍원앙.)

鴛鴦七十二, 羅列自成行.
(원앙칠십이, 나열자성항.)

音聲何噰噰6), 鶴鳴東西廂.
(음성하옹옹, 학명동서상.)

大婦織綺羅7), 中婦織流黃8).
(대부직기라, 중부직류황.)

小婦無所爲, 挾琴上高堂.
(소부무소위, 협금상고당.)

---

4) 侍郎(시랑) : 동한 시대에는 상서성(尙書省)에 시랑이 36명 있었으며, 녹봉(祿俸)은 각각 4백 석(石)이었다.

5) 左顧(좌고) : 회고(回顧), 뒤를 돌아보다.

6) 噰噰(옹옹) : 학의 울음소리를 형용한 말.

7) 綺羅(기라) : 색색의 무늬가 있는 비단.

8) 流黃(유황) : 유황(留黃)이라고도 쓰며, 노랑에 자색이 섞인 비단.

丈人[9]且安坐, 調絲方未央[10].

(장인차안좌, 조사방미앙.)

---

9) 丈人(장인) : 여기서는 시부모를 가리킨다.

10) 未央(미앙) : 미진(未盡), 다 끝나지 않았다, 더 연주를 계속하겠다
   는 뜻.

장성굴에 말을 물 먹이러 가며(飮馬長城窟行)1)

황하 가의 풀 한없이 푸르고 푸르러
아득히 먼길 떠나간 이 그립게 하네.
먼길 떠나 있는 이 그리워할 수도 없었는데
지난밤 꿈에 그이가 왔네.
꿈꿀 적에는 내 곁에 있었는데
문득 깨어보니 그이는 다른 고장에 가 계셨네.
다른 고장이란 언제나 서로 다른 고을이어서
이리저리 옮기어 만날 수가 없네.
마른 뽕나무도 하늘의 바람을 알아보고
바닷물도 날씨가 추워진 것을 알 것이어늘,
돌아오는 이들 집으로 와서는 각자
사랑하는 이들에만 관심 지니니
그 누가 소식이라도 말해 주려 하던가!

---

1) 〈음마장성굴행〉은 〈음마행(飮馬行)〉이라고도 하며, 청상곡사(淸商曲
辭) 슬조곡(瑟調曲)에 속하는 노래이다. 옛날부터 북쪽 오랑캐를 대
비하기 위하여 장성(長城)을 쌓았는데, 그 장성 밑에는 곳곳이 깊은
샘(곧 長城窟)이 있어 말에 물을 먹일 수 있도록 되어 있었다. 이
시는 수자리 살러 집을 나간 남편이 객지를 돌아다니다가 장성굴(長
城窟)에서 자기 말에 물을 찾아 먹이며 고생하고 있을 것을 상상하
면서, 집에 있는 부인이 남편에 대한 그리운 정을 노래한 것이다.

그러나 한 나그네가 먼 곳으로부터 오면서
내게 한 쌍의 잉어를 보내주었네.
아이를 불러 잉어를 삶으라 하였더니
잉어 배 속에서 긴 비단에 적힌 편지가 나왔네.
두 무릎 꿇고 비단 편지 읽어보니
편지 속엔 무어라 쓰였던가?
위편엔 음식 많이 먹으라 하였고
아래편엔 오래도록 사랑하겠다고 하였네.

飲馬長城窟行(음마장성굴행)

青青河畔草, 綿綿[1]思遠道.[2]
(청청하반초, 면면사원도.)

遠道不可思, 夙昔[3]夢見之.
(원도불가사, 숙석몽견지.)

夢見在我旁, 忽覺在他鄉.
(몽견재아방, 홀각재타향.)

他鄉各異縣,[4] 展轉[5]不相見,
(타향각이현, 전전불상견,)

枯桑[6]知天風, 海水知天寒,
(고상지천풍, 해수지천한,)

---

1) 綿綿(면면) : 길게 끊이지 않는 모양. 아득한 모양.
2) 遠道(원도) : 먼길, 여기서는 먼길을 떠나가 있는 임을 가리킴.
3) 夙昔(숙석) : 석(昔)은 석(夕)과 통하여, 지난밤을 가리킴.
4) 異縣(이현) : 다른 고을, 남편이 타향의 다른 여러 고을들을 전전하고
   있음을 뜻한다.
5) 展轉(전전) : 이리저리 옮겨다니는 것.
6) 枯桑(고상) : 마른 뽕나무. 마른 뽕나무도 하늘의 바람이 따스한지 차
   가운지를 아는데, 사람이 사랑하는 이를 잊을 리가 있겠느냐는 뜻.
   뒤의 해수(海水)도 같은 뜻으로 쓰이고 있음.

94

入門7)各自媚8), 誰肯相爲言?9)
(입문각자미, 수긍상위언?)

客從遠方來, 遺我雙鯉魚.
(객종원방래, 유아쌍리어.)
呼兒烹鯉魚, 中有尺素書.10)
(호아팽리어, 중유척소서.)
長跪11)讀素書, 書中竟何如?
(장궤독소서, 서중경하여?)
上言加湌食,12) 下言長相憶.13)
(상언가손식, 하언장상억.)

---

7) 入門(입문) : 간혹 객지로 나갔던 사람들이 자기 집으로 돌아오는 것.

8) 媚(미) : 사랑하는 것. 자기가 사랑하는 사람들에 대해서만 관심을 갖는 것.

9) 言(언) : 자기 남편의 소식을 얘기해 주는 것.

10) 尺素書(척소서) : 긴 흰 비단에 쓰인 편지.

11) 長跪(장궤) : 무릎을 꿇고 허리를 꼿꼿이 세워 앉는 것.

12) 湌食(손식) : 밥과 음식.

13) 長相憶(장상억) : 오래도록 사랑하는 것. 오래도록 잊지 않고 그리워하는 것.

염가행 (豔歌行) 1)

펄펄 나는 뜰 앞의 제비는
겨울엔 숨었다가 여름 되면 나타나네.
형제 두세 명이
타향에 떠돌아다니고 있으니,
헌옷은 누가 기워 주며
새옷은 누가 만들어 주나?
현명한 여주인 만난 덕분에
옷감 가져다가 바느질해 주는데,
그 남편 문안으로 들어오다가
비스듬히 기대서서 서북쪽을 흘겨보네.
"당신에게 당부하노니 흘겨보지 마세요,
물이 맑아서 돌이 스스로 드러나 보이는 걸요."
드러나 보이는 돌 얼마나 대글대글한가?
멀리 떠나다니지 말고 집으로 돌아가는 게 좋을 것을!

---

1) 〈염가행〉도 청상곡사(淸商曲辭)에 속하는 노래이다. 한 집의 형제들
   이 집을 떠나 유랑을 하다가 숙박하게 된 집 여주인에게 부탁하여
   옷을 기워 입으려 하는데, 그 집 남주인이 밖으로부터 돌아오다가 그
   광경을 보고는 자기 아내를 의심하는 내용이다. 그러니 쓸데없이 돌
   아다니며 말썽이나 일으키지 말고 집으로 돌아가 안락하게 부모 처
   자와 사는 게 좋다는 뜻이 이 시의 주제이다.

豔歌行(염가행)

翩翩[1]堂前燕, 冬藏夏來見.

(편편당전연, 동장하래견.)

兄弟兩三人, 流宕[2]在他縣.

(형제량삼인, 유탕재타현.)

故衣誰當補?[3] 新衣誰當綻?[4]

(고의수당보? 신의수당탄?)

賴得賢主人,[5] 覽[6]取爲我綻.[7]

(뇌득현주인, 남취위아탄.)

夫壻[8]從門來, 斜柯[9]西北眄.[10]

(부서종문래, 사가서북면.)

---

1) 翩翩(편편) : 펄펄 날아다니는 것.

2) 流宕(유탕) : 유탕(流蕩)과 같은 말로, 객지를 떠돌아다니는 것.

3) 補(보) : 해진 옷을 깁는 것.

4) 綻(탄) : 새 옷을 재봉하여 만드는 것.

5) 賢主人(현주인) : 나그네가 묵고 있는 집의 여주인을 가리킴.

6) 覽(람) : 람(攬)과 통하여, 가져오는 것.

7) 綻(탄) : 탄(綻)과 같은 뜻으로, 재봉하는 것.

8) 夫壻(부서) : 여주인의 남편, 남자 주인.

9) 斜柯(사가) : 가(柯)는 의(倚)의 뜻으로 비스듬히 기대서는 것.

10) 眄(면) : 곁눈질해 보는 것.

語卿且勿眄, 水淸石自見.
(어경차물면, 수청석자현.)
石見何纍纍?[11]　遠行不如歸.[12]
(석현하류류? 원행불여귀.)

---

11) 纍纍(류류) : 돌들이 대글대글한 모양. 나그네가 객지에 나와 말썽만
　　일으키는 것을 상징한 말임.
12) 歸(귀) : 집으로 돌아가는 것.

고가(古歌)[1]

가을바람 산들산들 남의 시름 더해 주니,
나가도 시름
들어와도 시름,
이 자리의 어떤 사람인들
누구인들 시름없으랴?
내 머리만 더욱 희어지게 하네.

오랑캐 땅엔 회오리바람 흔하고
나무들은 얼마나 까칠한가?
집 떠나온 지 오래될수록
옷띠 날로 느슨해지네.
내 심사 말로 다할 수 없으니
창자 속에 수레바퀴가 돌고 있는 듯하네.

---

1) 집을 떠나 오랑캐 땅에 와있는 사람이 고향의 집을 그리는 마음을
   노래한 시이다.

古歌[1] (고가)

秋風蕭蕭[2]愁殺[3]人,
(추풍소소수쇄인,)

出亦愁, 入亦愁.
(출역수, 입역수.)

座中何人, 誰不懷憂?
(좌중하인, 수불회우?)

令我白頭.
(영아백두.)

胡地多飇風[4], 樹木何修修[5]?
(호지다표풍, 수목하수수?)

離家日趨[6]遠, 衣帶日趨緩.
(이가일추원, 의대일추완.)

---

1) 잡곡(雜曲)에 속하는 노래임.

2) 蕭蕭(소소) : 가을바람이 쓸쓸히 부는 모양, 가을바람이 살랑살랑 부
   는 모양.

3) 殺(쇄) : 앞의 말을 강조하는 역할을 하는 말, 매우, 심히.

4) 飇風(표풍) : 회오리바람.

5) 修修(수수) : 길게 뻗은 모양, 거칠한 모양.

6) 趨(추) : 나아가다, ……할수록.

心思不能言, 腸中車輪轉.
(심사불능언, 장중거륜전.)

비가(悲歌)[1]

슬픈 노래로 울음을 대신하고
멀리 바라봄으로써 집에 돌아감을 대신하려 하네.
고향 생각하니
가슴 저려오는데,
돌아가려니 집에는 사람이 없고
물 건너려니 강에는 배가 없네.
이 심사 이루 말할 수 없고
창자 속이 수레바퀴 돌아가며 저미는 듯하네.

---

1) 잡곡가사(雜曲歌辭)에 속하는 노래. 제목 그대로 '슬픔의 노래'로서,
   집을 떠나온 뒤 집안도 망해 버려 돌아가고 싶어도 돌아갈 곳도 없
   게 된 처지를 노래한 것이다.

悲歌(비가)

悲歌可以當[1]泣, 遠望[2]可以當歸.
(비가가이당읍, 원망가이당귀.)
思念故鄕, 鬱鬱累累.[3]
(사념고향, 울울류류.)
欲歸家無人, 欲渡河無船.
(욕귀가무인, 욕도하무선.)
心思不能言, 腸中車輪轉.[4]
(심사불능언, 장중거륜전.)

---

1) 當(당) : 충당하다, 대신하다.
2) 遠望(원망) : 멀리 바라보다, 자기 고향이 있는 쪽을 높은 곳에서 멀리 바라보는 것.
3) 鬱鬱累累(울울류류) : 마음속에 걱정과 슬픔이 엉겨 있는 모양.
4) 車輪轉(거륜전) : 수레바퀴가 돌다. 슬픔에 애끓는 모양을 표현할 때 많이 쓰이는 표현임.

아득한 견우성 (迢迢牽牛星)[1]

아득한 견우성 그리는
아름다운 직녀성,
고운 흰 손 들어
잘각잘각 베를 짜는데
종일 한 폭도 짜지 못하고
눈물만 비 오듯 흘리네.
은하수는 맑고도 얕으니
서로의 거리 그 얼마나 되는가?
찰랑찰랑 흐르는 한 강물 사이에 두고
빤히 바라보며 말조차 못 건네누나!

---

1) 견우와 직녀의 전설을 바탕으로 한 사랑의 노래. 사랑하는 님을 가까
이 두고 마음대로 만나지 못하는 여인의 안타까운 심정을 나타내는
노래이다. 이 시로 보아 견우·직녀의 전설은 이미 한대에도 널리 알
려져 있음을 알 수 있다.

迢迢牽牛星(초초견우성)

迢迢[1]牽牛星, 皎皎[2]河漢女,[3]
(초초견우성, 교교하한녀,)

纖纖[4]擢[5]素手, 札札[6]弄機杼,
(섬섬탁소수, 찰찰농기저,)

終日不成章,[7] 泣涕零如雨.
(종일불성장, 읍체령여우.)

河漢淸且淺, 相去復幾許?
(하한청차천, 상거부기허?)

---

1) 迢迢(초초) : 아득히 먼 모양.

2) 皎皎(교교) : 달빛이나 별빛이 희고 깨끗한 모양.

3) 河漢女(하한녀) : 하한(河漢)은 은하수, 따라서 '하한녀'는 직녀성을 가리킴.

4) 纖纖(섬섬) : 여자의 손이 가늘고 고운 모양.

5) 擢(탁) : 들다.

6) 札札(찰찰) : 베틀 소리.

7) 不成章(불성장) : 무늬를 이루지 못하다. 여기서는 씨와 날이 엇갈리는 무늬를 이루지 못하는 것, 곧 베를 짜내지 못하는 것.

盈盈[8]一水間, 脈脈[9]不得語.
(영영일수간, 맥맥부득어.)

---

8) 盈盈(영영) : 물이 넘쳐흐르는 모양.

9) 脈脈(맥맥) : 맥맥(眽眽)으로 된 판본도 있으며, 빤히 바라보는 것.

산으로 약초 캐러 가다(上山採蘼蕪)1)

산으로 약초 캐러 가
산 내려오다 전 남편 만나
무릎 꿇고 전 남편에게 물었네.
"새 사람은 어떻습니까?"
"새 사람은 좋다고들 하지만
옛 사람만큼 훌륭하진 못하오.
얼굴 생김은 비슷하다 하나
손재주가 떨어지오."
"새 사람이 대문으로 들어올 때
옛 사람은 곁문으로 떠나갔지요."
"새 사람은 누런 비단 잘 짜고
옛 사람은 흰 비단 잘 짰는데,
누런 비단은 하루 한 필인데
흰 비단은 한 필 반쯤 짰으니
누런 비단을 흰 비단에 견줘 보니
새 사람이 옛 사람만 못한 것 같소."

---

1) 남편에게 버림받은 부인이 전 남편을 만나 서로 나눈 대화이다. 구성
이 희화적(戲畵的)이면서도 인간의 진실한 감정의 일면을 잘 잡은
노래이다. 옛날 남자 본위의 중국 사회에는 이런 모순된 사랑의 문제
가 많았을 것이다.

上山採蘼蕪(상산채미무)

上山採蘼蕪,[1] 下山逢故夫,
(상산채미무, 하산봉고부,)
長跪[2]問故夫, 新人復何如?
(장궤문고부, 신인부하여?)
新人雖言好, 未若故人姝[3]
(신인수언호, 미약고인주)
顏色類相似, 手爪[4]不相如.
(안색류상사, 수조불상여.)
新人從門入, 故人從閤[5]去.
(신인종문입, 고인종합거.)
新人工織縑,[6] 故人工織素,
(신인공직겸, 고인공직소,)

---

1) 蘼蕪(미무) : 약초로 쓰는 향초(香草)의 일종. 이것을 달여먹으면 부
　　인이 아들을 많이 낳는다 한다.
2) 長跪(장궤) : 바닥에 무릎을 꿇고 앉는 것.
3) 姝(주) : 예쁜 것, 여기서는 용모만이 아닌 전체적인 평가이다.
4) 手爪(수조) : 손과 손톱. 여기서는 여자들의 손재주를 가리킨다.
5) 閤(합) : 곁문, 작은 문.
6) 縑(겸) : 비단의 일종. 약간 누런 빛을 띠고 있으며, 흰 비단인 소(素)
　　보다 값이 싸다.

織縑日一匹,[7] 織素五丈餘,
(직겸일일필, 직소오장여,)

將縑來比素, 新人不如故.
(장겸래비소, 신인불여고.)

---

7) 一匹(일필) : 넓이 두 자 두 치, 길이 4장(四丈)의 천.

열다섯 살에 군대 따라 출정하다(十五從軍征)1)

열다섯 살에 군대 따라 출정(出征)했다
여든 살 되어 비로소 돌아왔네.
길거리에서 마을 사람 만나
우리집엔 누가 있느냐 물으니
저기 보이는 게 당신 집이라 대답하는데
소나무 잣나무 사이에 무덤만 대글대글하네.
산토끼가 개구멍으로 뛰어 들어오고
꿩이 들보 위에서 날며
마당 가운데엔 돌곡식 자라고
우물 가엔 돌아욱 자라 있네.

돌곡식 빻아 가지고 밥을 짓고
돌아욱 뜯어 국 끓이니
곧 밥 익고 국 끓었건만

---

1) 옛날부터 중국 땅에는 전쟁이 그칠 날이 없었다. 따라서 전쟁의 비정
함을 어느 민족보다도 뼈저리게 느끼고 있었던 것 같다. 후세 당대
(唐代)의 대시인 두보(杜甫)의 〈무가별(無家別)〉이란 유명한 시도
이 작품에서 힌트를 얻었던 것 같다.

누구에게 주어야 할지 알 수가 없네.
대문을 나서서 동편을 바라보니
떨어지는 눈물이 내 옷 적시네.

十五從軍征(십오종군정)

十五從軍征, 八十始得歸.
(십오종군정, 팔십시득귀.)
道逢鄕里人, 家中有阿誰?[1]
(도봉향리인, 가중유아수?)
遙看是君家, 松栢冢纍纍.[2]
(요간시군가, 송백총류류.)
兎從狗竇[3]入, 雉從梁上飛,
(토종구두입, 치종양상비,)
中庭生旅穀,[4] 井上生旅葵.[5]
(중정생려곡, 정상생려규.)

---

1) 阿誰(아수) : 누구. 아(阿)는 조사.
2) 纍纍(류류) : 유류(蔂蔂)와 통하여 무덤이 대글대글한 모양.
3) 狗竇(구두) : 개구멍, 수챗구멍.
4) 旅穀(여곡) : 일부러 씨 뿌리지 않고 자연생으로 어쩌다 씨가 떨어져
   자란 곡식, 돌곡식.
5) 旅葵(여규) : 자연생의 아욱, 돌아욱.

春穀持作飯,[6] 採葵持作羹.
(용곡지작반, 채규지작갱.)

羹飯一時熟, 不知貽阿誰.
(갱반일시숙, 부지이아수.)

出門東向看, 淚落沾我衣.
(출문동향간, 누락첨아의.)

---

6) 飰(반) : 飯(반)의 속자, 밥.

초중경처(焦仲卿妻)[1]

〔서　문〕

한(漢)나라 말엽 건안(建安) 연간(196~219년)에 여강부(廬江府)의 낮은 관리 초중경(焦仲卿)에게는 처 유씨(劉氏)가 있었는데, 시어머니에게 쫓겨났으되 스스로 다시 개가하지 않겠다고 맹세하였다. 그의 집안에서 개가할 것을 강요하자 그는 강물에 투신하여 죽어버렸다. 초중경은 그 얘기를 전해듣자 역시 스스로 정원의 나뭇가지에 목을 매어 죽었다. 그때 사람들이 이들을 가슴아파하여 다음과 같은 시를 지어 노래불렀다.

---

1) 이 시는 중국문학사상 가장 긴 장편의 서사시(敍事詩)라 일컬어져 왔다. 물론 민간에는 이보다도 더 긴 탄사(彈詞)나 고사(鼓詞) 등 여러 가지 설창문학(說唱文學) 작품들이 전해진다. 그러나 지식인들 손에 정식으로 편찬된 시가집(詩歌集)에 실린 작품 중에서는 이 시가 가장 긴 것이다. 이는 본시 서릉(徐陵, 507~583년)의 《옥대신영(玉臺新詠)》에 실려있던 것이니, 본시는 민간에 설창(說唱)되던 것을 문인이 손질하여 거기에 실리게 된 것으로 믿어진다. 그러나 아직도 옛 민간가요로서의 특징을 많이 지니고 있어 문학사상 매우 소중한 자료라 여겨진다. 흔히 이 시의 첫 구절을 따 《공작동남비(孔雀東南飛)》라고도 부른다.

공작새가 동남쪽에서 날아오다가
5리마다 한 번씩 빙빙 돌고 있네.
"열세 살에는 비단을 짤 줄 알고
열네 살에는 옷 마름질 배웠고
열다섯 살에는 공후(箜篌)를 탈 줄 알았고
열여섯 살에는 시경과 서경을 외었는데,
열일곱 살에는 시집을 가서
마음속으로 늘 괴로워하며 슬퍼하게 되었다네.
남편은 부(府)의 관리였는데,
직무 충실히 지키느라 부부의 정 소홀하니,
천덕꾸러기 마누라는 빈방에 홀로 남아
서로 만나는 날은 언제나 드물었네.
닭 울면 일어나 베틀에 올라
밤 되도록 날마다 쉬지도 못하였네.
사흘에 다섯 필의 명주 짰는데,
어른들은 느리다고 트집이었네.
길쌈 솜씨가 더딘 것도 아니었으니
시집살이 하기 정말 어려웠네.
며느리는 심한 부림을 참을 수가 없어
부질없이 있어봐야 할 일 없다 여기고는,
곧 시어머니에게 아뢰어
속히 친정으로 돌려보내 달라 하였네.

초중경은 그런 말을 듣고는
대청으로 올라가 어머님께 아뢰었네.

“저는 벼슬 크게 못할 궁상인데도
다행히 이 여인을 만나게 되어,
장가들어 잠자리 함께하며
저승까지도 함께 벗하기로 하였고,
함께 산 지 이삼 년이니
막 시작한 오래되지 않은 생활이며,
여자의 행실로 그릇된 일도 없는데,
어머님 눈에 벗어날 줄이야 어찌 알았겠습니까?”
어머니가 초중경에게 말하였네.
“어찌 그처럼 어리석은가?
이 여자는 예절도 모르고
하는 짓도 제멋대로라서,
내 마음에 화가 난 지 오래되었으니
네 어찌 멋대로 할 수 있겠느냐?
동쪽 이웃집에 현숙한 여자가 있는데,
그의 이름 진나부란다.
사랑스런 몸매 비길 곳이 없을 정도여서
이 어미가 널 위해 구혼까지 했단다.
제발 빨리 쫓아보내자,
미련없이 쫓아보내자!”
초중경은 꿇어앉아서
어머님께 아뢰었네.
“지금 만약 이 여자 쫓아내시면
늙도록 다신 장가들지 않겠어요!”

116

어머니는 그 말을 듣자
상을 치며 크게 노하였다네.
"어린 놈이 무서운 것도 없이
어찌 감히 여편네 편역드느냐?
나는 이미 정떨어졌으니
절대로 용서할 수 없다!"

초중경은 더 이상 말도 못하고
두 번 절하고는 자기 방으로 돌아가,
모든 얘기 처에게 하는데
목이 메어 말을 못하네.
"내가 당신을 쫓아내는 것이 아니고
어머님이 강요하니,
당신은 잠시 집에 돌아가 있으시오!
나는 이제 부(府)로 가봐야겠소.
머지 않아 곧 돌아와야 하며
돌아올 적에는 반드시 맞아들이겠소.
그렇게 하기 위하여 마음을 단단히 먹고
삼가 내 당부 어기지 말기를!"
그의 처가 초중경에게 대답하였네.
"다시 일 번거롭게 만들지 마세요!
재작년 동짓달에
집을 떠나 시집을 와서,
시부모님 뜻 따라 잘 모시며
행동 어찌 감히 멋대로 했겠나요?

밤낮으로 부지런히 일하며
끊임없이 괴로움에 시달렸지요.
마음속으로 잘못하는 일 없이
시부모 봉양 끝까지 잘하려 했는데,
그래도 쫓겨나게 된 것을
어찌 다시 돌아오라 하시나요?
제게는 수놓인 저고리가 있는데
아름다운 무늬가 빛을 발하지요.
붉은 비단으로 만든 장막이 있고
네모진 향주머니도 매달려 있고요.
화장통 속에는 육칠십 종류의 물건과
녹색과 청색의 푸른 실도 들었는데,
물건마다 모두 모양이 다르고
갖가지 것들이 그 속에는 있지요.
사람이 천해지면 물건도 천하게 여겨져서
뒤에 새 사람 맞는다 해도 쓰지 않을 것이에요.
이것들 남겨놓아 주려 하니
이제부터는 제대로 쓰이지 못한다 해도,
때때로 그걸 보고 위안이나 받으면서
오래오래 잊지나 마십시오!"

닭 울고 밖의 날 밝으려 하는데,
신부는 일어나 고이 화장을 하네.
수놓인 겹치마 하나 입는데도
같은 짓을 네댓 번씩 되풀이해야 하네.

발 아래엔 비단신을 신고
머리 위엔 대모(玳瑁) 장식 빛나고,
허리에는 흰 비단이 흘러내리는 듯하며
귀에는 명월 모양 귀고리 다네.
손가락은 깎아놓은 파뿌리 같고,
입은 붉은 구슬 물고 있는 듯하네.
하늘하늘 가벼운 발걸음 옮기니
정묘하기 세상에 다시없는 모양이네.
대청에 올라가 시어머니께 작별인사 드리는데
시어머니는 듣고도 떠나가는 것 말리지 않네.
"옛날에 제가 태어난 것은
가난한 시골 동리여서,
본시 가르침도 제대로 받지 못하였으니
귀한 집안에 시집온 것 더욱 부끄러웠고,
어머님께 많은 선물 받았지만
어머님의 심한 부림 견딜 수가 없어서,
오늘 제 집으로 돌아가오나
어머님 집안일로 수고로우실 것 걱정이옵니다!"
다시 시누이와 작별을 하는데
눈물이 이어진 구슬 떨어지듯하네.
"제가 처음 시집올 적엔
나도 아가씨만 했었지요.
마음 써서 부모님 봉양하고
자신의 몸도 보중(保重)하세요.
칠석이나 열아흐레 같은 날이 되어

놀이를 할 적에도 잊지 마세요!”
수레에 올라 문을 나서는데
눈물을 줄줄 흘리네.

초중경의 말 앞서 가고
그의 처가 탄 수레 뒤에서
달달 덜그럭덜그럭
한길 어귀에 다다라 함께 만나네.
말을 내려 수레 안으로 들어가
머리 숙여 귓속말을 하네.
“맹세컨대 당신을 버리지 않을 것이니,
잠시 동안 집에 가 있으시오!
나는 지금 부(府)로 갈 것이오.
오래지 않아 되돌아오게 될 것이니,
하늘에 맹세컨대 당신을 배반하지 않겠소!”
처는 초중경에게 이렇게 대답하였네.
“당신의 간절한 사랑에 감동하오니,
당신이 만약 잊지 않으신다면
머지않아 당신이 찾아주시기 바라지요!
당신이 바윗돌이라면
저는 창포나 갈대 같아요.
창포와 갈대는 부드럽지만 질기고,
바윗돌은 옮아가질 않지요.
제게는 친오라버니가 계신데
성미 사납기 우레와 같아서,

아마도 제 뜻대로 버려두지 않고
제 뜻 거스리어 저를 괴롭힐 거예요!"
손을 잡고 오래도록 슬퍼하는데
두 사람의 정은 끊일 줄 모르네.

집으로 돌아와 집안에서 지내는데
오나가나 몸둘 곳 없네.
어머니 손뼉 크게 두드리며 말하였네.
"뜻밖에도 네가 스스로 돌아오다니!
열세 살엔 네게 길쌈하는 법 가르쳤고,
열네 살엔 옷 마름질 할 줄 알게 되었으며,
열다섯 살엔 공후(箜篌)를 잘 탔고,
열여섯 살엔 예의를 익힌 뒤,
열일곱 살에 너를 시집보냈으니,
잘못되고 그릇되는 일 없을 줄 알았지!
너는 지금 아무런 죄도 없이
스스로 집으로 돌아왔단 말이냐?"
"이 딸년 어머님께 부끄럽사오나
실로 저는 아무런 잘못도 없습니다!"
어머님은 크게 슬퍼하였네.

집으로 돌아온 지 10여 일 되자
현령(縣令)이 중매쟁이 보내어 와,
한 집안에 셋째 도령이 있는데
점잖기 세상에 비길 데 없는 정도이고

나이는 십팔구 세이며
뛰어난 재주 많이 지녔다네.
어머니가 딸에게 말하기를
“네가 시집가겠다고 대답하라!” 하네.
딸은 눈물을 머금고 대답하였네.
“제가 집으로 떠나올 적에
남편은 간곡히 당부하기를
맹세코 헤어지지 말자 하였으니,
오늘 그런 정분을 저버린다면
아마도 일이 잘되지 않을 거예요!
중매를 거절하고
서서히 다시 생각해 보는 것이 좋겠어요.”
어머니는 중매쟁이에게 말하였네.
“가난하고 천한 집안의 딸년이
시집을 갔다가 다시 집으로 돌아왔으니,
낮은 관원 처 노릇도 감당치 못하였거늘
어찌 그런 도령께 어울리겠습니까?
널리 다시 찾아보시는 게 좋을 것이니
청혼을 받아들이지 못하겠습니다.”

중매쟁이가 돌아간 지 몇일 뒤에
다시 고을 태수(太守)가 관원을 파견하여 아들 혼처를
찾아보게 하였는데 돌아와 보고하였네.
“좋은 집안에 딸이 하나 있는데
선대에는 벼슬하던 집안입니다.”

이에 관원이 가서 말을 전했네.
"우리집에 다섯째 아들이 있는데
잘생겼는데도 아직 혼인을 못하여,
관원을 중매쟁이로 보내려고
주부(主簿)를 보내어 관원에게 지시하였소이다!"
관원은 곧바로 말하였네.
"태수님 집안에
이러한 도령이 계신데,
혼인을 맺고자 하여
저를 귀댁으로 보내신 것입니다!"
어머니는 중매쟁이에게 사절하였네.
"딸년은 이미 맹세한 게 있으니
어미로서 어찌 감히 말하겠어요?"
오라버니가 그 말을 듣고
마음속에 화가 나고 슬퍼지는 듯
큰 소리로 누이동생에게 말하였네.
"앞뒤를 어찌하여 헤아려 보지 않는가?
전에는 부(府)의 낮은 관리에게 시집갔었는데
이번에는 도련님께 시집가게 되는 것이니,
행불행(幸不幸)의 차이가 하늘과 땅이나 같고
네 자신 영화를 크게 누리게 되는 거야!
그런 도련님께 시집가지 않고
어떤 곳으로 시집가겠다는 것이냐?"
누이동생이 머리를 들고 대답하였네.
"사실은 오라버님 말씀대로지요.

시집을 가 남편을 섬기다가
중도에 오라버니댁으로 돌아왔다면,
오라버님 시키는 대로 따라야지
어찌 자기 멋대로 할 수 있겠어요?
비록 전 남편과 언약을 하였다지만
그분과 다시 만난다는 것은 영영 불가능할 것.
당장 곧 허락을 하여
바로 혼인을 하는 게 좋겠네요."
중매쟁이 자리에서 내려와 돌아가는데,
네, 네, 그렇게 합시다고 하였네.
돌아가 태수에게 보고드렸네.
"제가 명을 받들고 간 일
얘기해 보니 좋은 인연입니다."
태수는 그 말을 듣고
마음속으로 크게 기뻐했다네.
달력과 점책을 펴놓고 보니
이 달 안에 좋은 날짜가 있어
월력(月曆)과 일진(日辰)이 잘 들어맞네.
"좋은 길한 날이 삼십 일인데
오늘이 이십칠 일이니,
그대는 곧 가서 혼인을 성사시켜 주게!"
관원은 서둘러 찾아가 일을 성사시키기 위하여
뜬 구름처럼 쉴새없이 왔다갔다 하는데,
푸른 공작 모양의 배와 흰 고니 모양의 배에
네모진 용 그린 깃발을 달아

펄렁펄렁 바람에 나부끼며 몰고 다니고,
옥바퀴를 단 금수레를
청총마(靑驄馬)가 터벅터벅 끌게 하고,
말에 수실이 달린 금안장을 깔고 타고 다니네.
예폐(禮幣)로 삼백만 전(錢)을
모두 푸른 명주실로 꿰어 달았고,
예단(禮緞)으로 삼백 필(疋)의 비단에
교주(交州) 광주(廣州)의 진귀한 물건 갖추었네.
사오백 명은 되는 종자(從者)들 거느리고
성대하게 태수의 집 나섰네.

어머님이 딸에게 말하였네.
"마침 태수께서 보낸 편지 받았는데
내일 너를 마중하러 온단다.
어째서 옷치장 서두르지 않느냐?
일 그르치게 하지 말아라!"
딸은 묵묵히 소리도 내지 못하고
수건으로 입을 가리고 우는데
눈물이 물을 쏟듯 흘러 떨어지네.
자기의 유리(琉璃) 걸상을 가져다가
앞 창문 아래 내어놓고서,
왼손에는 가위와 자를 들고
오른손엔 아름다운 비단 잡고,
아침에는 수놓은 비단치마 만들고
저녁에는 홑비단 적삼 만들다가,

뉘엿뉘엿 해 저물자
시름으로 문밖에 나가 우네.
초중경은 그런 변고를 전해듣고는
휴가를 얻어 잠시 돌아오는데,
이삼 리(里)를 남겨놓고는
처절하게 말조차도 슬피 우네.
그의 처는 말소리 알아듣고
발소리 죽여가며 마중나가,
슬픈 눈으로 멀리 바라보니
그리운 이가 오고 있었네.
손을 들어 말안장만 치고
탄식으로 마음 찢어지는 듯하네.
"당신과 이별을 한 뒤
사람의 일은 헤아릴 수 없이 돌아가,
우리가 전에 바라던 바와는 달라졌으니
당신으로서는 잘 알 수가 없을 거요!
내게는 친어머님이 계시고
더욱이 핍박을 하는 오라버님도 계셔서,
내게 딴 사람에게 시집가라 하니
당신에게 더 무얼 바라겠어요?"
초중경이 처에게 말하였네.
"당신이 좋은 곳으로 출가하게 된 것을 축하하오!
나는 바윗돌처럼 두둑하니
천년 가도 변함없을 것이고,
당신은 창포나 갈대처럼 한때 질기다 해도

한나절 버티면 고작이지요.
당신은 더욱 귀한 몸이 되시오,
나는 홀로 황천으로 떠나리다!"
처가 초중경에게 말하였네.
"어찌 그런 말씀을 하세요?
다같이 핍박을 받은 것이니
당신이나 저나 똑같아요!
황천에 가서 다시 만납시다!
지금의 이 말 어기지 마세요!"
손을 잡고 있다가는 갈라져 길을 떠나
각각 자기집으로 돌아가네.
산 사람이 죽음의 이별하였으니,
그 한 어찌 말로 다하리!
세상을 떠날 것 생각하였으니
결코 온전할 수는 없는 일일세.

초중경은 집으로 돌아가
대청에서 어머님을 뵈었네.
"오늘 큰바람이 불고 날이 추워서
찬바람에 나무가 꺾어지기도 하고
된서리가 마당의 난초에 내렸으니,
이 자식 오늘 저승으로 가버린다면
어머님만 뒤에 외롭게 되실 듯합니다.
작정하고 좋지 못한 계책 세웠지만
귀신을 원망하지는 마십시오!

어머님 남산의 바위처럼 장수(長壽)하시고
옥체 건강하십시오!"
어머니는 그 말을 듣고
말끝마다 눈물 줄줄 흘리네.
"너는 대갓집 자식이요,
부(府)에 벼슬하는 몸이니,
여편네 때문에 죽는 일 없도록 하거라!
귀한 몸으로 천한 것 버렸는데 무엇이 박정한 거냐?
동쪽 이웃집에 현숙한 딸이 있는데
성안에선 가장 잘났단다.
이 어미가 너 위해 구혼하였으니
바로 곧 성사될 것이다."
초중경은 두 번 절하고 돌아와
빈 방안에서 길게 탄식만 하는데,
마음의 작정은 이미 되어 있었네.
머리를 문안으로 돌리는데
더욱 시름만이 마음을 압박해 왔네.

그날 소와 말이 울부짖는 속에
신부가 초례청으로 들어섰다네.
어둑어둑 황혼이 깃든 뒤
고요히 사람들은 막 쉬려는 때,
"내 목숨 오늘 끊어지고
혼 떠난 시체만이 오래도록 남으리라." 하면서
치마를 걷고 비단신 벗은 뒤

몸을 솟구쳐 맑은 연못으로 뛰어들었네.
초중경은 이 얘기 듣고
마음으로 영원한 이별임을 생각하면서,
마당 나무 밑을 서성이다가
스스로 동남쪽 나뭇가지에 목을 매었다네.

두 집안에서는 이들을 합장하기로 하고
그들을 화산(華山) 기슭에 합장하고,
동서쪽에는 소나무와 잣나무 심고
그 좌우에는 오동나무를 심었는데,
나뭇가지들이 뻗어 그 위를 덮었고
잎새들마다 서로 정이 통하는 듯 되었다네.
그 속에 한 쌍의 나는 새가 있는데
원앙(鴛鴦)이라 부르는 새이며,
머리를 들어 서로 바라보며 우는 소리가
밤마다 새벽까지 들려서,
지나가던 사람들은 발길을 멈춘 채 듣고
과부들은 자리에서 일어나 서성이게 했다네.
후세 사람들에게 거듭거듭 고하노니
이를 교훈으로 삼아 잊는 일 없기를!

焦仲卿妻(초중경처)

〔序曰〕

漢末建安中, 廬江[1]府小吏焦仲卿妻劉氏, 爲仲卿母所遣[2], 自誓不嫁. 其家逼之, 乃投水而死. 仲卿聞之, 亦自縊於庭樹. 時人傷之, 爲詩云爾.

(한말건안중, 여강부소리초중경처유씨, 위중경모소견, 자서불가. 기가핍지, 내투수이사. 중경문지, 역자에어정수. 시인상지, 위시운이.)

孔雀東南飛, 五里一徘徊.
(공작동남비, 오리일배회.)
十三能織素, 十四學裁衣,
(십삼능직소, 십사학재의,)
十五彈箜篌[3], 十六誦詩書.
(십오탄공후, 십륙송시서.)

---

1) 廬江(여강) : 동한(東漢)의 여강군(廬江郡). 지금의 안휘(安徽) 소현(巢縣) 서성(舒城)에서 호북(湖北) 영산(英山)·하남(河南) 상성(商城) 일대에 걸친 지역이었다.

2) 遣(견) : 쫓아내어 집으로 돌려보내는 것.

3) 箜篌(공후) : 서역으로부터 들어온 현악기, 23현(弦)이다.

十七爲君婦, 心中常苦悲.

(십칠위군부, 심중상고비.)

君旣爲府吏, 守節[4]情不移.

(군기위부리, 수절정불이.)

賤妾留空房, 相見常日稀.

(천첩유공방, 상견상일희.)

鷄鳴入機織, 夜夜不得息.

(계명입기직, 야야부득식.)

三日斷五疋, 大人[5]故嫌遲.

(삼일단오필, 대인고혐지.)

非爲織作遲, 君家婦難爲.

(비위직작지, 군가부난위.)

妾不堪驅使[6], 徒留無所施.

(첩불감구사, 도류무소시.)

便可白公姥[7], 及時相遣歸.[8]

(변가백공모, 급시상견귀.)

---

4) 守節(수절) : 직무에 충실하여 개인적인 애정으로 말미암아 할 일을
   소홀히 하지 않는 것.

5) 大人(대인) : 초중경의 어머니를 가리킴.

6) 驅使(구사) : 심하게 부리는 것.

7) 公姥(공모) : 본시는 시부모를 뜻하나, 초중경에게는 어머니만이 계신
   듯하므로 시어머니의 뜻으로 보아야 한다.

8) 이상 22구의 첫머리 두 구절은 이른바 기흥(起興)이고, 그 나머지는
   초중경의 처 유씨(劉氏)가 시집와서 시어머니의 학대에 견디지 못하
   고 스스로 친정으로 돌아가기를 자청하게 되는 과정을 노래한 것이다.

府吏9)得聞之, 堂上啓阿母：

(부리득문지, 당상계아모:)

兒已薄祿相,10) 幸復得此婦.

(아이박록상, 행부득차부.)

結髮11)同枕席, 黃泉共爲友.

(결발동침석, 황천공위우.)

共事二三年, 始爾12)未爲久.

(공사이삼년, 시이미위구.)

女行無偏斜, 何意13)致不厚14)?

(여행무편사, 하의치불후?)

阿母謂府吏：何乃太區區15)!

(아모위부리 : 하내태구구!)

---

9) 府吏(부리) : 부(府) 곧 군아(郡衙)의 낮은 관리, 초중경을 가리킨다.

10) 薄祿相(박록상) : 관리로 출세하지 못할 관상, 녹봉(祿俸)을 많이 받지 못할 상(相).

11) 結髮(결발) : 옛날에는 남자는 20세가 되면 머리를 묶어 올리고 관례(冠禮)를 행한 다음 장가를 들 수 있고, 여자는 15세가 되면 머리를 묶어 올리고 행계례(行筓禮)를 행한 뒤 시집갈 수 있었다. 따라서 결발은 어른이 된 것, 또는 결혼한 것을 가리킨다.

12) 始爾(시이) : 막 시작하여 오래되지 않음을 뜻한다.

13) 何意(하의) : 어찌 알았겠느냐?

14) 不厚(불후) : 좋아하지 않다, 사랑하지 않다.

15) 區區(구구) : 바보스런 모양, 어리석은 모양.

此婦無禮節, 擧動自專由16).
(차부무례절, 거동자전유.)

吾意久懷忿, 汝豈得自由!
(오의구회분, 여기득자유!)

東家有賢女, 自名秦羅敷.
(동가유현녀, 자명진라부.)

可憐體無比, 阿母爲汝求.
(가련체무비, 아모위여구.)

便可速遣之, 遣去愼莫留!
(변가속견지, 견거신막류!)

府吏長跪告, 伏惟啓阿母:
(부리장궤고, 복유계아모:)

今若遣此婦, 終老不復取17)!
(금약견차부, 종로불부취!)

阿母得聞之, 搥18)牀便大怒:
(아모득문지, 추상변대노:)

小子無所畏, 何敢助婦語!
(소자무소외, 하감조부어!)

---

16) 自專由(자전유) : 자기 멋대로 하는 것.

17) 取(취) : 취(娶), 장가드는 것.

18) 搥(추) : 두드리다, 치다.

吾已失恩義[19], 會不相從許![20]
(오이실은의, 회불상종허!)

府吏默無聲, 再拜還入戶.
(부리묵무성, 재배환입호.)

舉言[21]謂新婦, 哽咽[22]不能語:
(거언위신부, 경열불능어:)

我自不驅卿, 逼迫有阿母.
(아자불구경, 핍박유아모.)

卿但暫還家, 吾今且報府[23].
(경단잠환가, 오금차보부.)

不久當歸還, 還必相迎取.
(불구당귀환, 환필상영취.)

以此下心意[24], 愼勿違吾語.
(이차하심의, 신물위오어.)

新婦謂府吏 : 勿復重紛紜!
(신부위부리 : 물부중분운!)

---

19) 恩義(은의) : 정의(情誼).

20) 이상 32구는 어머니가 며느리를 쫓아내기로 결정한 것을 안 초중경
    과 그의 어머니 사이의 대화이다. 초중경은 자기 처를 쫓아내지 말
    것을 호소하나 쫓아보내기로 한 어머니의 태도는 결연하다.

21) 舉言(거언) : 발언, 큰 소리로 말하다.

22) 哽咽(경열) : 목이 메는 것.

23) 報府(보부) : 부부(赴府), 군아(郡衙)로 출근하다.

24) 下心意(하심의) : 마음을 단단히 먹다.

往昔初陽歲[25), 謝[26)家來貴門.
(왕석초양세, 사가래귀문.)

奉事[27)循公姥, 進止敢自專?
(봉사순공모, 진지감자전?)

晝夜勤作息[28), 伶俜[29)縈苦辛.
(주야근작식, 영빙영고신.)

謂言[30)無罪過, 供養卒大恩.
(위언무죄과, 공양졸대은.)

仍更被驅遣, 何言復來還?
(잉갱피구견, 하언부래환?)

妾有繡腰襦[31), 葳蕤[32)自生光.
(첩유수요유, 위유자생광.)

紅羅複斗帳[33), 四角垂香囊.
(홍라복두장, 사각수향낭.)

---

25) 初陽歲(초양세) : 옛날에는 동지(冬至)는 1년 중 양기(陽氣)가 처음
　　으로 움직이기 시작하는 때라 하였다. 따라서 동짓달을 뜻한다.

26) 謝(사) : 사(辭), 작별하다, 떠나다.

27) 奉事(봉사) : 집안일을 행하는 것.

28) 作息(작식) : 일을 하는 것.

29) 伶俜(영빙) : 끊임이 없는 것, 계속되는 것.

30) 謂言(위언) : 마음속으로 ……이라 여기다, ……하려고 생각하다.

31) 腰襦(요유) : 길이가 허리까지 내려오는 저고리.

32) 葳蕤(위유) : 풀과 나무가 무성한 모양, 무늬가 아름다운 모양.

33) 複斗帳(복두장) : 옛날 사람들이 쓰던 장막의 일종.

箱簾[34]六七十, 綠碧靑絲繩.
(상렴육칠십, 녹벽청사승.)

物物各自異, 種種在其中.
(물물각자이, 종종재기중.)

人賤物亦鄙, 不足迎後人.
(인천물역비, 부족영후인.)

留待作遣施[35] 於今無會因[36].
(유대작견시 어금무회인.)

時時爲安慰, 久久莫相忘.[37]
(시시위안위, 구구막상망.)

鷄鳴外欲曙, 新婦起嚴妝[38].
(계명외욕서, 신부기엄장.)

著我繡裌裙[39], 事事四五通[40].
(착아수겹군, 사사사오통.)

---

34) 箱簾(상렴) : 렴(簾)은 렴(奩)과 통하여, 화장품 상자.

35) 遣施(견시) : 선물을 하다, 보내주다.

36) 會因(회인) : 사람을 만나 제대로 쓰여지는 것.

37) 이상 38구는 초중경이 처 유씨에게 어머니의 뜻을 얘기하면서, 뒤
에 다시 맞아들이겠다는 약속을 한다. 그러나 그의 처는 다시 돌아
올 수는 없을 것이라 대답하는 내용이다.

38) 嚴妝(엄장) : 화장을 잘하다, 단장을 하다.

39) 裌裙(겹군) : 겹치마.

40) 四五通(사오통) : 긴장을 하고 정성을 들이느라 같은 일을 모두 네
댓 번씩 되풀이하며 하는 것.

136

足下躡⁴¹⁾絲履, 頭上玳瑁⁴²⁾光,

(족하섭사리, 두상대모광,)

腰若流紈素⁴³⁾, 耳著明月璫⁴⁴⁾.

(요약류환소, 이저명월당.)

指如削葱根⁴⁵⁾, 口如含朱丹.

(지여삭총근, 구여함주단.)

纖纖⁴⁶⁾作細步, 精妙世無雙.

(섬섬작세보, 정묘세무쌍.)

上堂謝阿母, 母聽去不止⁴⁷⁾.

(상당사아모, 모청거부지.)

昔作女兒時, 生小出野裏,

(석작여아시, 생소출야리,)

本自無敎訓, 兼愧貴家子.

(본자무교훈, 겸괴귀가자.)

---

41) 躡(섭) : 신다.

42) 玳瑁(대모) : 일종의 바다거북 껍질. 옛날에 장식품을 만드는 데 쓰였다. 여기에서는 대모로 만든 머리장식을 뜻한다.

43) 流紈素(유환소) : 흰 비단이 흐르는 듯하다, 옷을 입은 맵시를 형용한 말.

44) 璫(당) : 옥으로 만든 귀고리.

45) 削葱根(삭총근) : 파뿌리를 깎은 듯하다. 손가락이 희고 가냘픈 것을 형용한 것임.

46) 纖纖(섬섬) : 작은 발로 잔 발걸음을 하는 모양.

47) 去不止(거부지) : 가는 것을 잡지 않다.

受母錢帛[48]多, 不堪母驅使.
(수모전백다, 불감모구사.)

今日還家去, 念母勞家裏.
(금일환가거, 염모로가리.)

却與小姑[49]別, 淚落連珠子.
(각여소고별, 누락연주자.)

新婦初來時, 小姑如我長.
(신부초래시, 소고여아장.)

勤心養公姥, 好自相扶將[50].
(근심양공모, 호자상부장.)

初七[51]及下九[52], 嬉戲莫相忘.
(초칠급하구, 희희막상망.)

出門登車去, 涕落百餘行.[53]
(출문등거거, 체락백여항.)

---

48) 錢帛(전백) : 선물로 받은 돈과 비단.

49) 小姑(소고) : 남편의 누이동생, 시누이.

50) 扶將(부장) : 보중(保重)하다, 보양(保養)하다.

51) 初七(초칠) : 칠월 칠석(七夕). 중국에선 걸교(乞巧)를 하는 부녀자들의 명절이었다.

52) 下九(하구) : 매월 19일, 옛날에는 부녀자들이 모여 즐기는 날이었다.

53) 이상 32구는 초중경의 처 유씨가 시어머니와 시누이를 작별하는 장면을 노래한 것이다.

138

府吏馬在前, 新婦車在後,
(부리마재전, 신부거재후,)

隱隱何甸甸[54], 俱會大道口.
(은은하전전, 구회대도구.)

下馬入車中, 低頭共耳語:
(하마입거중, 저두공이어:)

誓不相隔卿[55], 且暫還家去, 吾今且赴府.
(서불상격경, 차잠환가거, 오금차부부.)

不久當還歸, 誓天不相負.
(불구당환귀, 서천불상부.)

新婦謂府吏 : 感君區區懷[56].
(신부위부리 : 감군구구회.)

君旣若見錄[57], 不久望君來.
(군기약견록, 불구망군래.)

君當作磐石, 妾當作蒲葦.
(군당작반석, 첩당작포위.)

蒲葦紉[58]如絲, 磐石無轉移.
(포위인여사, 반석무전이.)

---

54) 甸甸(전전) : 은은(隱隱)과 함께 수레바퀴가 굴러가는 소리. 하(何)
　　는 조사임.

55) 隔卿(격경) : 그대를 멀리하다, 그대를 버리다.

56) 區區懷(구구회) : 자상한 마음, 간절한 사랑.

57) 見錄(견록) : 마음에 새겨두게 되다.

58) 紉(인) : 부드러우면서도 질긴 것.

我有親父兄, 性行暴如雷,
(아유친부형, 성행폭여뢰,)
恐不任我意, 逆以煎[59]我懷.
(공불임아의, 역이전아회.)
擧手長勞勞[60], 二情同依依.[61]
(거수장로로, 이정동의의.)

入門上家堂, 進退無顔儀[62].
(입문상가당, 진퇴무안의.)
阿母大拊掌 : 不圖子自歸!
(아모대부장 : 부도자자귀!)
十三敎汝織, 十四能裁衣,
(십삼교여직, 십사능재의,)
十五彈箜篌, 十六知禮儀,
(십오탄공후, 십륙지례의,)
十七遣汝嫁, 謂言無誓違[63].
(십칠견여가, 위언무서위.)

---

59) 煎(전) : 들볶다, 괴롭히다.

60) 勞勞(로로) : 시름하는 모양, 슬퍼하는 모양.

61) 이상 25구는 초중경과 그의 처 유씨가 한길 가에서 이별하면서 죽
　　도록 사랑을 어기지 않을 것을 맹서하는 모습을 노래한 것이다.

62) 無顔儀(무안의) : 몸둘 곳이 없다, 체면이 서지 않는다.

63) 誓違(서위) : 서(誓)는 건(愆)의 잘못으로, 건(愆)의 뜻이어서, 죄를
　　짓고 잘못하는 것.

汝今無罪過, 不迎而自歸?
(여금무죄과, 불영이자귀?)

蘭芝[64]慙阿母, 兒實無罪過.
(난지참아모, 아실무죄과.)

阿母大悲摧.[65]
(아모대비최.)

還家十餘日, 縣令遣媒來.
(환가십여일, 현령견매래.)

云有第三郞, 窈窕[66]世無雙,
(운유제삼랑, 요조세무쌍,)

年始十八九, 便言多令才[67].
(연시십팔구, 변언다령재.)

阿母謂阿女 : 汝可去應之.
(아모위아녀 : 여가거응지.)

阿女銜淚答 : 蘭芝初還時,
(아녀함루답 : 난지초환시,)

---

64) 蘭芝(난지) : 초중경의 처 유씨의 이름.

65) 이상 15구는 초중경의 처 유씨가 친정으로 돌아와 친정 어머니를
    만나 서로 슬퍼하는 모양을 노래한 것이다.

66) 窈窕(요조) : 점잖은 것, 잘난 것.

67) 令才(영재) : 뛰어난 재주, 훌륭한 재주.

府吏見丁寧[68], 結誓不別離.
(부리견정녕, 결서불별리.)

今日違情義, 恐此事非奇[69].
(금일위정의, 공차사비기.)

自可斷來信[70], 徐徐更謂之.
(자가단래신, 서서갱위지.)

阿母白媒人 : 貧賤有此女,
(아모백매인 : 빈천유차녀,)

始適[71]還家門, 不堪吏人婦, 豈合令郎君?
(시적환가문, 불감리인부, 기합영랑군?)

幸可廣問訊, 不得便相許.[72]
(행가광문신, 부득변상허.)

媒人去數日, 尋遣丞[73]請還[74],
(매인거수일, 심견승청환,)

---

68) 丁寧(정녕) : 정녕(叮嚀), 간곡히 부탁하는 것.

69) 非奇(비기) : 잘 되지 않을 것, 제대로 되지 않을 것.

70) 來信(래신) : 혼인을 제의해 온 것을 가리킴.

71) 始適(시적) : 출가한 지 얼마 안 되어, 시집갔다가 곧.

72) 이상 23구는 현령이 중매쟁이를 보내어 와 유씨와의 혼인을 제의하
였으나 그것을 거절하는 모습을 노래한 대목이다.

73) 丞(승) : 부승(府丞), 부(府)의 관원.

74) 請還(청환) : 아들 혼처를 찾아보게 하였는데, 찾아보고 돌아온 것.

142

説：有蘭[75]家女, 承籍[76]有宦官.

(설 : 유란가녀, 승적유환관.)

云：有第五郎, 嬌逸[77]未有婚,

(운 : 유제오랑, 교일미유혼,)

遣丞爲媒人, 主簿[78]通語言.

(견승위매인, 주부통어언.)

直説：太守家, 有此令郎君,

(직설 : 태수가, 유차영랑군,)

旣欲結大義[79], 故遣來貴門.

(기욕결대의, 고견래귀문.)

阿母謝媒人：女子先有誓, 老姥豈敢言?

(아모사매인 : 여자선유서, 노모기감언?)

阿兄得聞之, 悵然心中煩, 擧言謂阿妹：

(아형득문지, 창연심중번, 거언위아매:)

作計何不量! 先嫁得府吏,

(작계하불량! 선가득부리,)

---

75) 蘭(란) : 집안을 아름답게 형용한 말.

76) 承籍(승적) : 조상들의 적관(籍貫)을 계승하는 것.

77) 嬌逸(교일) : 뛰어나게 잘난 것.

78) 主簿(주부) : 부(府)의 주부. 주부는 관청의 부서(簿書)를 관장하는 관리임.

79) 大義(대의) : 혼인을 가리킴.

後嫁得郎君, 否泰[80]如天地,

(후가득랑군, 비태여천지,)

足以榮汝身. 不嫁義郎[81]體, 其往欲何云?

(족이영여신. 불가의랑체, 기왕욕하운?)

蘭芝仰頭答 : 理實如兄言.

(난지앙두답 : 이실여형언.)

謝家事夫壻, 中道還兄門,

(사가사부서, 중도환형문,)

處分[82]適兄意, 那得自任專?

(처분적형의, 나득자임전?)

雖與府吏要[83], 渠會[84]永無緣.

(수여부리요, 거회영무연.)

登卽[85]相許和, 便可作婚姻[86].

(등즉상허화, 변가작혼인.)

---

80) 否泰(비태) :《역경(易經)》의 괘이름에서 나온 말. '비'는 불운을, '태'는 행운을 뜻한다.

81) 義郎(의랑) : 낭군(郎君), 도련님.

82) 處分(처분) : 일의 처리.

83) 要(요) : 약속을 하다, 언약을 하다.

84) 渠會(거회) : 그 만남, 그와의 만남.

85) 登卽(등즉) : 즉시, 바로.

86) 婚姻(혼인) : 혼인(婚姻).

144

媒人下牀去, 諾諾復爾爾[87].

(매인하상거, 낙낙복이이.)

還部白府君 : 下官奉使命, 言談大有緣.

(환부백부군 : 하관봉사명, 언담대유연.)

府君[88]得聞之, 心中大歡喜.

(부군득문지, 심중대환희.)

視曆復開書, 便利此月內, 六合[89]正相應.

(시력부개서, 변리차월내, 육합정상응.)

良吉三十日, 今已二十七, 卿可去成婚.

(양길삼십일, 금이이십칠, 경가거성혼.)

交語速裝束[90], 絡繹[91]如浮雲.

(교어속장속, 낙역여부운.)

青雀白鵠舫[92], 四角龍子幡,

(청작백곡방, 사각용자번,)

---

87) 爾爾(이이) : 낙낙(諾諾)과 함께 대답하며 동의하는 것.

88) 府君(부군) : 태수(太守).

89) 六合(육합) : 월건(月建)과 일진(日辰)의 간지(干支) 중 십간(十干)
이 잘 들어맞는 여섯 가지 경우를 말한다. 그런 때가 가장 길한 날
이라 믿었다.

90) 裝束(장속) : 준비.

91) 絡繹(낙역) : 많은 사람들이 끊임없이 내왕하는 모양.

92) 舫(방) : 혼인을 성사시키려고 왔다갔다하는 사람들이 타고 다니는
배를 가리킨다.

婀娜[93]隨風轉. 金車玉作輪,
(아나수풍전. 금거옥작륜,)

躑躅[94]靑驄[95]馬, 流蘇[96]金鏤鞍[97].
(척촉청총마, 유소금루안.)

齎錢[98]三百萬, 皆用靑絲穿.
(재전삼백만, 개용청사천.)

雜綵三百疋, 交廣[99]市鮭珍[100].
(잡채삼백필, 교광시해진.)

從人四五百, 鬱鬱登[101]郡門.[102]
(종인사오백, 울울등군문.)

阿母謂阿女 : 適得府君書, 明日來迎汝.
(아모위아녀 : 적득부군서, 명일래영여.)

---

93) 婀娜(아나) : 깃발이 아름답게 펄럭이는 모양.

94) 躑躅(척촉) : 말이 수레를 끌고 걷는 모양.

95) 靑驄(청총) : 털에 푸른빛과 흰빛이 섞여있는 말.

96) 流蘇(유소) : 수실, 수실이 달린 것.

97) 金鏤鞍(금루안) : 금으로 조각한 장식을 단 말안장.

98) 齎錢(재전) : 예폐(禮幣).

99) 交廣(교광) : 교주(交州, 지금의 廣東·廣西 일대)와 광주(廣州, 지금의 廣東省). 옛날 외국과의 무역이 성행한 곳이다.

100) 鮭珍(해진) : 여러 가지 해물(海物)과 진귀한 물건들.

101) 登(등) : 출발하다, 나서다.

102) 이상 62구는 태수가 관원을 중매쟁이로 내세워 유씨에게 청혼한 끝에 혼인이 이루어지는 모양을 노래한 대목임.

何不作衣裳? 莫令事不擧[103]!

(하부작의상? 막령사불거!)

阿女默無聲, 手巾掩口啼, 淚落便如瀉[104].

(아녀묵무성, 수건엄구제, 누락변여사.)

移我琉璃榻[105], 出置前窓下.

(이아유리탑, 출치전창하.)

左手持刀尺[106], 右手執綾羅.

(좌수지도척, 우수집능라.)

朝成繡裌裙, 晚成單羅衫.

(조성수겹군, 만성단라삼.)

晻晻[107]日欲暝, 愁思出門啼.

(엄엄일욕명, 수사출문제.)

府吏聞此變, 因求假[108]暫歸.

(부리문차변, 인구가잠귀.)

未至二三里, 摧藏[109]馬悲哀.

(미지이삼리, 최장마비애.)

---

103) 不擧(불거) : 일이 제대로 잘 되지 않는 것.

104) 瀉(사) : 그릇의 물을 쏟아붓는 것.

105) 琉璃榻(유리탑) : 유리(琉璃)로 장식한 걸상. 유리에는 자연산과 인공의 두 종류가 있다.

106) 刀尺(도척) : 천을 마름질하기 위한 가위와 자.

107) 晻晻(엄엄) : 해가 뉘엿뉘엿 지는 모양.

108) 假(가) : 휴가.

109) 摧藏(최장) : 처창(悽愴), 슬픈 것.

新婦識馬聲, 躡履110)相逢迎,
(신부식마성, 섭리상봉영,)

悵然遙相望, 知是故人來.
(창연요상망, 지시고인래.)

擧手拍馬鞍, 嗟歎使心傷.
(거수박마안, 차탄사심상.)

自君別我後, 人事不可量,
(자군별아후, 인사불가량,)

果不如先願, 又非君所詳.
(과불여선원, 우비군소상.)

我有親父母111), 逼迫兼弟兄,
(아유친부모, 핍박겸제형,)

以我應他人, 君還何所望!
(이아응타인, 군환하소망!)

府吏謂新婦 : 賀卿得高遷!
(부리위신부 : 하경득고천!)

磐石方且厚, 可以卒千年,
(반석방차후, 가이졸천년,)

蒲葦一時紉, 便作旦夕間.
(포위일시인, 변작단석간.)

---

110) 躡履(섭리) : 발소리 죽여가며 가벼이 걷는 것.

111) 父母(부모) : 실은 어머니 한 분을 가리킨다. 뒤의 제형(弟兄)도 실
은 오라버니 한 사람을 가리킨다.

148

卿當日勝貴, 吾獨向黄泉!
(경당일승귀, 오독향황천!)
新婦謂府吏 : 何意出此言?
(신부위부리 : 하의출차언?)
同是被逼迫, 君爾[112]妾亦然.
(동시피핍박, 군이첩역연.)
黄泉下相見, 勿違今日言!
(황천하상견, 물위금일언!)
執手分道去, 各各還家門.
(집수분도거, 각각환가문.)
生人作死別, 恨恨那可論!
(생인작사별, 한한나가론!)
念與世間辭, 千萬不復全![113]
(염여세간사, 천만불복전!)

府吏還家去, 上堂拜阿母:
(부리환가거, 상당배아모:)
今日大風寒, 寒風摧樹木, 嚴霜結庭蘭.
(금일대풍한, 한풍최수목, 엄상결정란.)

---

112) 爾(이) : 연(然), 그러하다.
113) 이상 54구는 초중경의 처 유씨가 슬픔을 머금고 개가할 준비를 하
　　고, 한편 초중경이 그 소식을 듣고 달려와 둘이 만나 둘이 죽음으
　　로 사랑을 지킬 것을 약조하고 헤어지는 것을 읊은 대목이다.

兒今日冥冥114), 令母在後單.
(아금일명명, 영모재후단.)

故作不良計, 勿復怨鬼神!
(고작불량계, 물복원귀신!)

命如南山石, 四體康且直.
(명여남산석, 사체강차직.)

阿母得聞之, 零淚應聲落.
(아모득문지, 영루응성락.)

汝是大家子, 仕宦於臺閣115).
(여시대가자, 사환어대각.)

愼勿爲婦死, 貴賤116)情何薄?
(신물위부사, 귀천정하박?)

東家有賢女, 窈窕豔城郭117).
(동가유현녀, 요조염성곽.)

阿母爲汝求, 便復在旦夕.
(아모위여구, 변부재단석.)

府吏再拜還, 長歎空房中, 作計118)乃爾立.
(부리재배환, 장탄공방중, 작계내이립.)

---

114) 日冥冥(일명명) : 날이 어두워지다, 죽는 것을 암시한 말.

115) 臺閣(대각) : 널리 관부(官府)를 가리키는 말.

116) 貴賤(귀천) : 귀한 집안의 자식으로서 천한 출신의 마누라를 버린
것을 뜻함.

117) 豔城郭(염성곽) : 성안에서 가장 아름다운 것.

118) 作計(작계) : 죽을 계책이 세워져 있음을 뜻한다.

150

轉頭向戶裏, 漸見愁煎迫.[119]

(전두향호리, 점견수전박.)

其日牛馬嘶, 新婦入青廬[120].

(기일우마시, 신부입청려.)

菴菴[121]黃昏後, 寂寂人定初.

(암암황혼후, 적적인정초.)

我命絕今日, 魂去尸長留.

(아명절금일, 혼거시장류.)

攬裙脫絲履, 擧身赴淸池.

(남군탈사리, 거신부청지.)

府吏聞此事, 心知長別離.

(부리문차사, 심지장별리.)

徘徊庭樹下, 自掛東南枝.[122]

(배회정수하, 자괘동남지.)

---

119) 이상 26구는 초중경이 처를 만나고 집으로 돌아가 어머니를 뵙고 자살할 뜻을 아뢰며 고별을 하는 대목이다.

120) 靑廬(청려) : 초례청(醮禮廳).

121) 菴菴(암암) : 어둑어둑한 것.

122) 이상 12구는 새로 혼인을 하기로 한 날 먼저 처 유씨가 연못에 투신자살하고, 그 소식을 듣자마자 뒤이어 초중경이 마당 나뭇가지에 목매어 자살하는 모양을 노래한 대목이다.

兩家求合葬, 合葬華山[123]傍.

(양가구합장, 합장화산방.)

東西植松柏, 左右種梧桐.

(동서식송백, 좌우종오동.)

枝枝相覆蓋, 葉葉相交通.

(지지상복개, 엽엽상교통.)

中有雙飛鳥, 自名爲鴛鴦,

(중유쌍비조, 자명위원앙,)

仰頭相向鳴, 夜夜達五更.

(앙두상향명, 야야달오경.)

行人駐足聽, 寡婦起彷徨.

(행인주족청, 과부기방황.)

多謝[124]後世人, 戒之愼勿忘![125]

(다사후세인, 계지신물망!)

---

123) 華山(화산) : 여강군(廬江郡)에 있던 작은 산 이름.

124) 多謝(다사) : 거듭거듭 고하다.

125) 이상 14구는 초중경과 그의 처가 자살한 뒤 두 집에서는 의논하여
    그들을 합장해 주었는데, 그들은 한 쌍의 원앙새가 되어 밤마다
    울었다는 것이다.

남조악부
南朝樂府

자야가(子夜歌)1)
— 12 수

해진 뒤 집 문을 나서다
그대 지나가는 모습 보았네.
어여쁜 얼굴에 머리 한층 아름답고
향기로운 냄새 길에 가득 차네.

향기로운 냄새는 향수에서 나는 것,
어여쁜 얼굴이란 감당키 어려운 칭찬.
하늘은 사람들 소원 저버리지 않으시니

---

1) 송대(宋代) 곽무천(郭茂倩)이 편집한 《악부시집(樂府詩集)》에도 〈자야가(子夜歌)〉가 42곡(曲) 실려 있으나 여기에는 그중 열두 곡만을 뽑았다. 《송서(宋書)》〈악지(樂志)〉에 의하면 이 노래는 진(晋)나라 때의 자야(子夜)라는 여자가 지은 것이라 한다. 남조(南朝)의 가곡(歌曲)들은 이처럼 짧으면서도 애틋한 정, 특히 여인의 애상을 읊은 게 많다. 전설에는 진(晋)나라 효무제(孝武帝) 태원연간(太元年間, 376~396년)에 낭야왕(瑯琊王) 가(軻)의 집에서 귀신이 〈자야〉를 노래했다고도 하고, 또 경승건(庚僧虔)의 집에서도 귀신이 〈자야〉를 노래한 일이 있다고 한다. 그것은 이 노래의 가사가 여자들의 애상(哀傷)을 주제로 하고 있을 뿐만 아니라 곡조 자체도 무척 슬펐던 데서 생겨난 전설인 것 같다.

그래서 제가 임을 뵙게 된 거지요.

지난밤 머리도 빗지 않고
실단 같은 머리 양어깨에 풀어 흐트린 채,
임의 무릎 베고 누웠을 적엔
어느 곳인들 어여쁘지 않았으랴?

처음 임을 사귀었을 적엔
두 마음 하나 같았거니.
실 매만지고 짜던 베틀 오르지만
한 필(匹)도 이루지 못할 줄 뉘 알았으리.

베개 베고 북쪽 창앞에 누웠는데
임이 와서 나와 희롱하네.
당돌한 그의 행동 약간 기쁘기도 하다만
서로의 사랑 얼마나 갈 건가?

우리 님 이별한 뒤론
화장 그릇 열어보지도 않고,
머리 어지러워져도 전혀 손질 않으니
손대면 분 대신 먼지만 이네.

언제나 마음 변할까 걱정했는데
사랑이 지금 과연 어긋나 버렸네.

마른 물고기 흐린 물만 찾아가니
영원히 맑은 흐름 떠나게 되었구나.

치마 허리춤 쥔 채 띠도 매지 않고
잠깐 내다보려고 앞 창문으로 나가니,
비단치마는 날리기도 잘할씨고
약간 벌어지자 봄바람을 꾸짖네.

내 마음엔 즐겁던 기억 또렷하니
임은 갔으되 정은 가시지 않는구려.
안개와 이슬에 연꽃 가리워져 있으니
연실(蓮實)조차도 희미하기만 하구려.

사랑과 기쁨의 정회가 좋아서
이사를 가 고향으로 삼았네.
오동나무 문앞에 자라나서
출입하면서도 오동나무 열매 보네.

사랑 믿고 나아가려 하지마는
부끄러워 앞으로 나오지 못하네.
붉은 입에서 고운 노래 나오고
옥 같은 손가락이 거문고 줄 뜯네.

햇빛 찬란하게 비치고
가벼운 바람 흰 비단치마 날리네.
어여쁘게 웃으니 양볼 안의 이빨 아름답고
아름다운 눈 위엔 두 눈썹 더욱 곱네.

子夜歌(자야가)

落日出前門, 瞻矚1)見子度.2)
(낙일출전문, 첨촉견자도.)
冶容3)多姿鬢, 芳香已盈路.
(야용다자빈, 방향이영로.)

芳是香所爲, 冶容不敢當.
(방시향소위, 야용불감당.)
天不奪人願, 故使儂4)見郎.
(천불탈인원, 고사농견랑.)

宿昔5)不梳頭, 絲髮被6)兩肩,
(숙석불소두, 사발피량견,)

---

1) 瞻矚(첨촉) : 보다, 바라보다.
2) 子度(자도) : 자(子)는 그대, 도(度)는 지나가는 것. 간혹 사람의 이름
　으로 보는 이도 있다.
3) 冶容(야용) : 아름다운 얼굴.
4) 儂(농) : 나, 아(我).
5) 宿昔(숙석) : 지난 밤.
6) 被(피) : 피(披)와 통하여 풀어 흐트리는 것.

160

婉伸[7]郎膝上, 何處不可憐?
(완신랑슬상, 하처불가련?)

始欲識郎時, 兩心望如一.
(시욕식랑시, 양심망여일.)
理絲入殘機,[8] 何悟不成匹?[9]
(이사입잔기, 하오불성필?)

攬[10]枕北窗臥, 郎來就儂嬉.[11]
(남침북창와, 낭래취농희.)
小喜多唐突,[12] 相憐能幾時?
(소희다당돌, 상련능기시?)

自從別歡來, 奩器[13]了不開.
(자종별환래, 염기료불개.)
頭亂不敢理, 粉拂生黃衣[14].
(두란불감리, 분불생황의)

---

7) 婉伸(완신) : 굴신(屈伸)과 같은 말로 여러 가지 자태를 짓는 모양.
8) 殘機(잔기) : 짜다 둔 베틀.
9) 匹(필) : 베 한 필의 뜻도 되지만 배필(配匹)의 뜻도 암시하고 있다.
10) 攬(람) : 끌어 잡아당기다, 잡다.
11) 嬉(희) : 희롱하다, 놀다.
12) 唐突(당돌) : 함부로 도에 지나치게 구는 것.
13) 奩器(렴기) : 화장품 그릇.
14) 黃衣(황의) : 먼지를 뜻함.

常慮有貳意,15) 歡今果不齊.16)
(상려유이의, 환금과부제.)

枯魚17)就濁水,18) 長與淸流乖.19)
(고어취탁수, 장여청류괴.)

牽裙未結帶, 約看20)出前窓.
(남군미결대, 약간출전창.)

羅裳易飄颺,21) 小開罵22)春風.
(나상이표양, 소개매춘풍.)

我念歡的的,23) 子行由豫24)情.
(아념환적적, 자행유예정.)

---

15) 貳意(이의) : 두 가지 뜻, 마음이 변하는 것.

16) 不齊(부제) : 제일(齊一)하지 않게 되다. 마음이 맞지 않게 어긋나 버리다.

17) 枯魚(고어) : 남자에 비유한 말.

18) 濁水(탁수) : 흐린 물. 다른 여자에 비유. 청류(淸流)는 자신을 가리 킨다.

19) 乖(괴) : 떨어지다, 떠나다.

20) 約看(약간) : 잠깐 보다. 약간 보다.

21) 飄颺(표양) : 바람에 날리는 것.

22) 罵(매) : 욕하다. 꾸짖다.

23) 的的(적적) : 밝은 모양. 또렷한 모양.

24) 由豫(유예) : 유예(猶豫), 우물쭈물 결정을 못하고 있는 것.

霧露隱芙蓉, 見蓮[25]不分明.
(무로은부용, 견련불분명.)

憐歡好情懷, 移居作鄉里.
(연환호정회, 이거작향리.)

桐樹生門前, 出入見梧子.[26]
(동수생문전, 출입견오자.)

恃愛如欲進, 含羞未肯前.
(시애여욕진, 함수미긍전.)

口朱發艶歌,[27] 玉指弄嬌弦.[28]
(구주발염가, 옥지롱교현.)

朝日照綺錢[29], 光風動紈素[30].
(조일조기전, 광풍동환소.)

---

25) 蓮(연) : 연실(蓮實). 연(憐)과 음이 같아 사랑을 암시한다.

26) 梧子(오자) : 오동나무 열매. 오자(吾子)와 음이 같아 '내 자식들'을 암시한다.

27) 艶歌(염가) : 아리따운 노래, 염려(艶麗)한 노래

28) 弄嬌弦(농교현) : 아름다운 소리를 내는 악기의 줄을 뜯다. 악기 줄을 뜯어 아름다운 음악을 연주하는 것.

29) 綺錢(기전) : 모양과 빛깔이 찬란한 모양.

30) 紈素(환소) : 흰 비단 치맛자락, 또는 흰 비단 장막.

巧笑[31]倩兩犀[32], 美目揚雙蛾.
（교소천양서, 미목양쌍아.）

---

31) 巧笑(교소) : 아리따운 웃음.
32) 犀(서) : 치아를 가리킴.

자야사시가(子夜四時歌)[1]

춘가(春歌) — 5수

봄숲에 고운 꽃 많아지니
봄새는 슬픈 마음 느는 듯.
봄바람은 더욱 다정한가
내 비단치마 날려 벌리네.

새 제비 첫 가락 지저귀고
두견새는 아침 울음 다투네.
눈썹 그리다 입술 화장도 잊고
거닐면서 봄정을 발산하네.

매화꽃 다 져 떨어지고
버들꽃 바람따라 흐트러지네.
내 봄 같은 나이건만
아무도 구애하고 불러주는 이 없음 한스럽네.

---

1) 자야가(子夜歌)의 곡조로 사철을 노래한 것이다. 중국의 민요에는
이처럼 한 곡조로 사철이나 하루의 십이시(十二時)를 노래하는 경우
가 많다. 사철도 초봄 한봄 늦은봄 식으로 노래하고 보면 열두 곡이
된다. 우리나라 거지들의 장타령과 흡사하다.

아침해 북쪽 숲에 비치는데
피어난 꽃은 비단에 수를 놓은 듯.
그 누가 님 그립지 않으리?
외로이 베틀에 앉아 베만 짜네.

봄꽃과 달을 보려고
웃음 머금고 길에 나섰네.
나를 보면 모두 꺾어 보려 하니
가엾게도 스스로의 처신 잘못된 건가!

子夜四時歌(자야사시가)

── 春歌(춘가)

春林花多媚, 春鳥意多哀.
(춘림화다미, 춘조의다애.)
春風復多情, 吹我羅裳開.
(춘풍부다정, 취아나상개.)

新燕弄初調, 杜鵑競晨鳴.
(신연농초조, 두견경신명.)
畵眉忘注口[1], 遊步散春情.
(화미망주구, 유보산춘정.)

梅花落已盡, 柳花[2]隨風散.
(매화낙이진, 유화수풍산.)
歎我當春年, 無人相要[3]喚.
(탄아당춘년, 무인상요환.)

---

1) 注口(주구) : 입술 화장하는 것.
2) 柳花(유화) : 버들꽃, 버들솜을 가리킴.
3) 要(요) : 구(求)의 뜻, 구애(求愛)하는 것.

朝日照北林, 初花錦繡色.
(조일조북림, 초화금수색.)
誰能不相思? 獨在機4)中織.
(수능불상사? 독재기중직.)

思見春花月, 含笑當道路.
(사견춘화월, 함소당도로.)
逢儂5)多欲擿6), 可憐持自7)誤.
(봉농다욕적, 가련지자오.)

---

4) 機(기) : 베틀.

5) 儂(농) : 나.

6) 擿(적) : 꺾다, 따다. 도발(挑發)하는 것.

7) 持自(지자) : 자신을 건사하다, 스스로 처신하다.

하가(夏歌) ― 6 수

뽕 누에치기 다 끝맺었으되
시름 안은 여인은 몸 더욱 고달프네.
날씨 더워지니 모시옷 지어다가
객지에 나간 님께 보내드리고자.

푸른 연잎 맑은 물 뒤덮고
연꽃은 붉고 곱기만 한데,
임이 보고 나를 따려 하니
내 마음엔 연실(蓮實) 품어지네.

높은 대청에 벽을 세우지 않고
사방의 바람 불러들이니,
바람 불어와 사랑하는 이 비단치마 벌리어
내 웃음 머금은 얼굴 움직이게 하네.

봄에 이별하였는데 봄이 그리워지고
여름이 되고 보니 그리운 정만 오래되었네.
비단장막 누굴 위해 걷어올리며
한 쌍의 베개 언제면 보게 될까?

봄 복숭아가 막 꽃을 피울 적엔
색깔이 아름다워 자기를 누가 꺾을까 두려워했는데,
한여름 되어 꽃이 지고 보니
어느 누가 다시 거들떠보기나 하는가?

한여름 더운 줄은 잘 알고 있었지만
오늘은 각별히 매우 덥네.
향기로운 수건으로 옥자리 쓸어 내놓고
낭군과 함께 누각에 올라가 자네.

── **夏歌**(하가)

田蠶事已畢, 思婦猶苦身.
(전잠사이필, 사부유고신.)
當暑理絺1)服, 持寄與行人.
(당서리치복, 지기여행인.)

青荷蓋淥水, 芙蓉葩紅鮮.
(청하개록수, 부용파홍선.)
郞見欲採我, 我心欲懷蓮.2)
(낭견욕채아, 아심욕회련.)

高堂不作壁, 招取四面風,
(고당부작벽, 초취사면풍,)
吹歡3)羅裳開, 動儂4)含笑容.
(취환라상개, 동농함소용.)

---

1) 絺(치) : 고운 갈포(葛布).
2) 懷蓮(회련) : 연실(蓮實)을 품다. 연(蓮)은 연(憐), 연(戀)과 음이 같
   아 사랑의 정을 품었음을 뜻한다.
3) 歡(환) : 기뻐하는 사람, 사랑하는 사람.
4) 儂(농) : 나.

春別猶春戀, 夏還情更久.
(춘별유춘련, 하환정갱구.)
羅帳爲誰褰5)? 雙枕何時有?
(나장위수건? 쌍침하시유?)

春桃初發紅, 惜色恐儂摘.
(춘도초발홍, 석색공농적.)
朱夏6)花落去, 誰復相尋覓7)?
(주하화락거, 수부상심멱?)

情8)知三夏熱, 今日偏獨甚.
(정지삼하열, 금일편독심.)
香巾拂玉席, 共郎登樓寢.
(향건불옥석, 공랑등루침)

---

5) 褰(건) : 걷어올리다.
6) 朱夏(주하) : 하일주명(夏日朱明－《爾雅》), 여름 한창 더운 때, 한여름.
7) 尋覓(심멱) : 찾는 것.
8) 情(정) : 진실로, 정말, 잘.

추가(秋歌) — 6수

가을밤이 창안으로 들어와
비단장막을 펄럭이게 하네.
머리 들어 밝은 달 보며
천리 저쪽에도 비칠 달빛에 정을 기탁하네.

창문 열어 햇빛 들어오게 하고
촛불 끄고는 비단치마 벗으면서,
장막 속에서 웃음 짓는데
온몸에서는 난초 향기 발하네.

가을 밤 싸늘한 바람 일고
하늘 높고 별과 달 밝은데,
싱그러운 방에서는 다투듯 치장을 하고
비단장막 안에 한 쌍의 애정을 기다리네.

싸늘한 바람에도 창문 열고 잠자는데,
조각달 빛이 비쳐주네.
방중에도 말소리는 들리지 않고
비단장막 속의 두 사람 웃음소리만 새어나네.

맑은 이슬 구슬처럼 엉기어 있고,
싸늘한 바람 한 밤중에 이네.
사랑하는 이는 돌아와 자지 않고
달빛 아래 산책을 하고 있네.

흰 이슬 아침저녁으로 내리고
가을바람 긴긴 밤 이어 부네.
님께서 겨울옷 필요하실 것 생각나
달빛 아래 흰비단 다듬이질하네.

── **秋歌**(추가)

秋夜入窗裏, 羅帳起飄颺.
(추야입창리, 나장기표양.)
仰頭看明月, 寄情千里光.
(앙두간명월, 기정천리광)

開窓取日光, 滅燭解羅裳.
(개창취일광, 멸촉해라상.)
含笑帷幌裏, 擧體蘭蕙香.
(함소유황리, 거체난혜향.)

秋夜凉風起, 天高星月明.
(추야양풍기, 천고성월명.)
蘭房[1]競妝飾, 綺帳待雙情.
(난방경장식, 기장대쌍정.)

凉風開窓寢, 斜月垂光照.
(양풍개창침, 사월수광조.)

---

1) 蘭房(난방) : 난초가 있는 방, 향기로운 방.

中宵無人語, 羅幌有雙笑.
(중소무인어, 나황유쌍소.)

清露凝如玉, 凉風中夜發.
(청로응여옥, 양풍중야발.)
情人不還臥, 冶遊步明月.
(정인불환와, 야유보명월.)

白露朝夕生, 秋風淒長夜.
(백로조석생, 추풍처장야.)
憶郎須寒服, 乘月擣²⁾白素.
(억랑수한복, 승월도백소.)

---

2) 擣(도) : 다듬이 방망이질 하다.

동가(冬歌) ── 6수

연못 얼음 세 자 두께로 얼었고
흰 눈은 천리 땅을 덮었는데,
내 마음은 소나무 잣나무와 같거늘
임의 정은 또 무엇 같을까?

차가운 새는 높은 나무에 앉아
마른 나무 숲에서 슬픈 바람 따라 우네.
사랑하는 이 때문에 초췌해져 버렸으니
어찌 아름다운 얼굴 지니고 있겠는가?

옛날 이별할 적엔 봄풀 파랬는데,
지금 돌아와 보니 섬돌에 눈이 덮였네.
임 그리움에 늙은 걸 누가 알아주랴!
검은 머리였는데 흰머리가 생겼네.

길이 막혀 다니는 사람 없는데도
추위를 무릅쓰고 찾아가네.
만약 내 말 못믿겠다면
눈 위에 난 발자국 한번 보구려!

숯화로로 밤 추위 물리치며
꼭 끌어안고 두꺼운 요 위에 앉았네.
님과 함께 아름다운 침대 마주 대하니
향기로운 촛불 켜고 거문고 타며 노래부르네.

진실로 한마음으로 맺어지려 한다면
오직 소나무 잣나무 숲을 볼지니,
서리가 내려도 잎이 떨어지지 않고
추운 철이 되어도 딴 마음 없다네.

── **冬歌**(동가)

淵氷厚三尺, 素雪覆千里.
(연빙후삼척, 소설복천리.)
我心如松栢, 君情復何似?
(아심여송백, 군정부하사?)

寒鳥依高樹, 枯林鳴悲風.
(한조의고수, 고림명비풍.)
爲歡[1]顦顇[2]盡, 那得好顏容?
(위환초췌진, 나득호안용?)

昔別春草綠, 今還墀[3]雪盈.
(석별춘초록, 금환지설영.)
誰知相思老, 玄鬢[4]白髮生.
(수지상사로, 현빈백발생.)

---

1) 爲歡(위환) : 좋아하는 이 때문에, 사랑하는 이 때문에.
2) 顦顇(초췌) : 초췌(憔悴)와 같은 뜻. 몸이 파리해지는 것.
3) 墀(지) : 섬돌. 섬돌 위.
4) 玄鬢(현빈) : 검은 머리.

塗澁5)無人行, 冒6)寒往相覓.
(도삽무인행, 모한왕상멱.)
若不信儂時, 但看雪上跡.
(약불신농시, 단간설상적.)

炭爐卻夜寒, 重抱坐疊褥7).
(탄로각야한, 중포좌첩욕.)
與郞對華榻8), 絃歌秉蘭燭.
(여랑대화탑, 현가병란촉.)

果欲結金蘭9), 但看松柏林.
(과욕결금란, 단간송백림.)
經霜不墮地, 歲寒無異心.
(경상불타지, 세한무이심.)

---

5) 塗澁(도삽) : 길이 막히다.

6) 冒(모) : 무릅쓰는 것.

7) 疊褥(첩욕) : 두꺼운 요, 겹으로 깔아놓은 요

8) 榻(탑) : 침대, 침상.

9) 金蘭(금란) : 《역경(易經)》〈계사전(繫辭傳)〉의 “동심지언(同心之言)
은 그 냄새가 난과 같다(其臭如蘭)”고 한 말에서 생긴 말. 마음이
합치되는 것을 뜻한다.

자야변가(子夜變歌)
─ 2수

세월은 물 흘러가는 것 같고
봄이 다 갔는가 하면 어느새 가을이 오네.
찬란한 나뭇가지에 피었던 꽃은
떨어져 어디로 갔는가?

세월은 물 흘러가는 듯하여
어느새 가을이 되었네.
귀뚜라미 대청 앞에서 우니
슬프게도 내 시름 자아내네.

子夜變歌(자야변가)

歲月如流邁[1], 春盡秋已至.
(세월여류매, 춘진추이지.)
熒熒[2]條上花, 零落何乃駛?[3]
(형형조상화, 영락하내사?)

歲月如流邁, 行已及素秋.
(세월여류매, 행이급소추.)
蟋蟀[4]吟堂前, 惆悵[5]使儂愁.
(실솔음당전, 추창사농수.)

---

1) 流邁(유매) : 흘러가는 것.
2) 熒熒(형형) : 밝은 모양, 찬란한 모양.
3) 駛(사) : 달려가다, 빨리 가다.
4) 蟋蟀(실솔) : 귀뚜라미.
5) 惆悵(추창) : 슬퍼지는 것.

상성가(上聲歌)[1]
― 2수

나는 본시 쑥대 같은 천한 몸
그러나 이젠 난초 계수 같은 명성 누리네.
그처럼 향기로운 냄새 갑자기 성해진 것은
임이 부르는 "상성곡"에 감동한 탓일세.

임이 타는 "상성곡"은
금(琴)줄이 팽팽한 탓일까 슬픔을 자아내네.
마치 싸늘한 가을바람처럼
몸에 닿을 적마다 내 마음 섧게 하네.

---

1) 〈상성가〉는 악조(樂調)의 한 가지 이름인데, 거문고[琴]의 높은 음
이 나는 상성촉주(上聲促柱)에서 생겨난 이름인 듯하다(《古今樂錄》).
〈상성가〉는 애사(哀思)를 담은 가락이었고, 이에 맞추어 춤도 추었
던 듯하다(유신(庾信), 〈영무(詠舞)〉 "저환축상성(低鬟逐上聲)").

上聲歌(상성가)

儂本是蕭草, 持作蘭桂名.
(농본시소초, 지작난계명.)
芬芳頓交盛, 感郞爲上聲.
(분방돈교성, 감랑위상성.)

郞作上聲曲, 柱促使弦哀.
(낭작상성곡, 주촉사현애.)
譬如秋風意, 觸遇傷儂懷.
(비여추풍의, 촉우상농회.)

환문변가(歡聞變歌) 1)
— 2 수

나무 깎아 뱁새 만드니
나래 있어도 날지 못하네.
흔들흔들 돛대 위에 달아놓으니
천리 저편 물가만 바라보누나.

팔뚝 찢어 맑은 피 함께 마시고
소, 양 잡아 하늘에 제사지냈으니,
목숨 다하여 재나 흙이 되더라도
서로의 사랑 내내 끊임없으리.

---

1) 〈환문변가(歡聞變歌)〉는 본래 〈아자문(阿子聞)〉이라고 불렀다. 진
   (晋) 목제(穆帝, 재위 345~361년)가 길거리에서 '아자(阿子), 여문불
   (汝聞不)?'하는 가사가 든 이 노래를 애들이 노래하는 것을 들은 뒤
   얼마 안 있다 죽었다. 저태후(褚太后)는 상을 당하자 '아자(阿子), 여
   문불(汝聞不)?'하고 슬피 울어 〈아자문〉이란 곡명이 생겨났다《古今
   樂錄》). 이로 보아 〈환문변가〉도 슬픈 가락의 노래였음을 알겠다.
   　앞곡은 나무로 깎아 만든 새에 멀리 님 떠나 보낸 여인을 비유한
   노래이고, 뒷곡은 사랑의 맹세를 노래한 것이다.

歡聞變歌(환문변가)

刻木作班鵃,[1] 有翅不能飛.
(각목작반초, 유혈불능비.)
搖著帆檣[2]上, 望見千里磯.[3]
(요착범장상, 망견천리기.)

鍥[4]臂飮淸血, 牛羊持祭天.
(계비음청혈, 우양지제천.)
沒命[5]成灰土, 終不罷相憐.
(몰명성회토, 종불파상련.)

---

1) 班鵃(반초) : 뱁새 종류의 새 이름.
2) 帆檣(범장) : 돛대.
3) 磯(기) : 자갈이 널려 있는 물가.
4) 鍥(계) : 칼로 새기다, 째다. 칼로 서로의 팔뚝을 째어 피를 마시면서
　　사랑을 맹세했던 것이다.
5) 沒命(몰명) : 목숨이 다하는 것

전계가(前溪歌)[1]
── 2 수

마음에 시름 안고 문앞에 기대섰으려니
임이 앞 개울 건너고 있네.
제발 흐르는 물 같은 마음으로
새 사람 좋아 옛 사람 버리지 마시기를!

누런 칡 무성히 얽히어
낙계(洛溪) 가에 자라 있네.
꽃잎 지며 물 따라 가버리는데
어느 때면 흐름 따라 되돌아올까나?
돌아오는 일도 아주 드문 일은 아니련만!

---

1) 《송서(宋書)》〈악지(樂志)〉에 따르면 〈전계가〉는 진(晉)나라 거기장
   군(車騎將軍) 심완(沈玩)이 지었다 한다. 전하는 일곱 곡 중에서 두
   곡을 뽑았는데, 뒤의 노래에는 한 구절이 더 붙어 있다. 그 변화의
   까닭은 알 길이 없다.

前溪歌(전계가)

憂思出門倚, 逢郞前溪渡.
(우사출문의, 봉랑전계도.)
莫作流水心, 引新都捨故.
(막작유수심, 인신도사고.)

黃葛結蒙蘢[1], 生在洛溪邊.
(황갈결몽롱, 생재낙계변.)
花落逐水去, 何當順流還?
(화락축수거, 하당순류환?)
還亦不復鮮!
(환역불부선!)

---

1) 蒙蘢(몽롱) : 무성하게 자라 덮혀 있는 모양.

단선랑(團扇郞)[1]
—2수

칠보 그림 그린 둥근 부채
찬란하기 밝은 달빛 같은 것을
임에게 더위 쫓으라 주면서
내내 잊지 말고 사랑해 주기 바라네.

푸른 숲속 대나무로
하얀 둥근 부채 만들어
임의 구슬 같은 손에 흔들리게 하여
바람 빌려 사랑 전하는 기회 삼을까?

---

1) 이것도 동진(東晉) 때의 노래이다. 부채 노래들이지만, 그 부채에는
언제나 사랑이 실려 있다.

團扇郎(단선랑)

七寶畫團扇, 燦爛明月光.
(칠보화단선, 찬란명월광.)
餉1)郎卻2)暄暑, 相憶莫相忘.
(향랑각훤서, 상억막상망.)

青青林中竹, 可作白團扇.
(청청임중죽, 가작백단선.)
動搖郎玉手, 因風託方便.
(동요낭옥수, 인풍탁방편.)

---

1) 餉(향) : 보내주다.
2) 卻(각) : 물리치다.

화산기(華山畿)[1]
— 4수

그리움에 우는
눈물은 물시계 물처럼
밤낮으로 쉬지 않고 흐른다.

오랫동안 떨어져 있을 수 없구나!
밤중에 즐거웠던 날들 생각나니
이불 껴안고 하염없이 운다.

----

1) 이 노래의 발생에는 애틋한 전설이 전한다. 《고금악록(古今樂錄)》에
   의하면 송(宋)나라 소제(少帝, 재위 423~424년) 때 남서(南徐)에
   사는 한 선비가 화산기(華山畿)란 고장을 지나다 객사에서 묘령의
   한 여자를 만났다. 그는 홀로 이 여자를 좋아한 나머지 집으로 돌아
   와 상사병이 들었다. 그의 어머니가 병이 난 까닭을 묻자 선비는 그
   사실을 어머니께 털어놓았다. 어머니는 곧 화산기의 그 아가씨를 찾
   아가 아들 사정을 얘기했다. 아가씨는 곧 앞치마를 벗어주며 가져다
   가 선비가 앓아누운 요 밑에 깔아주라 하였다. 아가씨의 말대로 앞치
   마를 요 밑에 깔아주었더니 며칠 뒤 정말로 병이 말끔히 나았다. 그
   러나 선비는 요를 들추다 앞치마를 발견하고는 자기 품에 안고 있다
   그것을 삼키고 죽어 버렸다. 선비는 죽기 전에 어머니에게 '장사지낼

밤에 님 그리워
바람에 불려 창 발 움직이면
그이 오시는가 흠칫한다.

나루터 사이에 두고 탄식하면서
견우가 직녀에게 말하는데,
이별의 눈물 은하수 넘치게 하네.

때 상여가 화산기를 거쳐가게 해달라'고 부탁했다. 장사지낼 때 상여
가 그 아가씨 집앞에 이르자 상여는 땅에 붙은 듯이 아무리 애써도
꼼짝하지 않았다. 그러자 아가씨가 목욕을 한 뒤 화장까지 깨끗이 하
고 나와서 노래를 불렀다.

　화산기에서(華山畿)
　님은 나로 인해 죽었으니(君旣爲儂死)
　홀로 누굴 위해 살건가?(獨生爲誰施)
　기쁘기 처음 사랑할 때 같다면(歡若見憐時)
　관 뚜껑이라도 나 위해 열려 다오!(棺木爲儂開)

　노래를 따라 관 뚜껑이 저절로 열리자 그 아가씨도 함께 관 속으
로 들어가 버렸다. 사람들이 그 아가씨를 구해 내려 애썼지만 아무
소용도 없었다. 하는 수 없이 이들을 합장하고 그 무덤을 신녀총(神
女冢)이라 불렀다 한다. 〈화산기〉란 이처럼 애절한 슬픈 사랑의 노
래에서 나왔다. 그 곡조도 슬픈 가락이었을 것이다.

華山畿(화산기)

啼相憶, 淚如漏刻水, 晝夜流不息.
(제상억, 누여누각수, 주야유불식.)

不能久長離. 中夜憶歡時, 抱被空中啼.
(불능구장리. 중야억환시, 포피공중제.)

夜相思, 風吹窗簾動, 言是所歡來.
(야상사, 풍취창렴동, 언시소환래.)

隔津歎, 牽牛語織女, 離淚溢河漢.
(격진탄, 견우어직녀, 이루일하한.)

독곡가(讀曲歌) 1)
― 6수

꽃비녀에 연꽃 쪽머리
양 귀밑머리는 뜬구름 같은데,
봄바람은 붙을 곳을 모르는가
자주 와서 비단치마를 흔든다.

버드나무도 봄바람 만나
위아래로 하늘거리는데,
그 누가 공연히 임 그리며
이 한봄을 홀로 자겠는가?

백문(白門) 앞에
검은 모자와 흰 모자 보이는데,
흰 모자 쓴 분은 내 님이지만
검은 모자 쓴 분은 누구인지 모르겠네.

---

1) 이 노래는 송(宋)나라 원가(元嘉) 7년(440년) 문제(文帝)의 원후(袁
后)가 죽자 백관(百官)들은 감히 노래를 부르지 못하고, 술자리가 벌
어져도 오직 가는 소리로 낮게 책을 읽듯 노래하여 〈독곡가〉란 이름
이 생겨났다 한다(《古今樂錄》). 그러나 지금 전하는 가사의 내용은
역시 애틋한 그리움이나 사랑을 노래한 것이 대부분이다.

새벽 닭 다 때려 잡고
종달새 다 쏘아 없애,
밤만 연이어지고 새벽 돌아오지 않게 하여
일 년에 한 번 정도 날이 새었으면!

어쩌나!
슬픔이 입에서 솟는데,
슬픔을 머금고 말을 못하네.

그리운 님 오시지 못하니,
이불 안고 하는 부질없는 말.
“달은 지고 별 밝지 않은데
무엇으로 나의 시름 밝힐까?”

讀曲歌(독곡가)

花釵芙蓉髻[1], 雙鬢如浮雲.
(화차부용계, 쌍빈여부운.)
春風不知著, 好來動羅裙.
(춘풍부지착, 호래동라군.)

柳樹得春風, 一低復一昂.
(유수득춘풍, 일저부일앙.)
誰能空相憶, 獨眠度三陽[2]?
(수능공상억, 독면도삼양?)

白門[3]前, 烏帽白帽來.
(백문전, 오모백모래.)

---

1) 髻(계) : 쪽머리, 상투.
2) 三陽(삼양) : 삼춘(三春), 봄의 석 달 동안을 가리킴.
3) 白門(백문) : 남조(南朝) 송(宋)나라의 도읍 건강(建康, 지금의 南京)
   의 성문 이름. 뒤엔 남경의 별칭으로도 쓰였다.

白帽郎[4]是儂良, 不知烏帽郎是誰?

(백모랑시농량, 부지오모랑시수?)

打殺長鳴鷄, 彈去[5]烏白鳥[6],

(타살장명계, 탄거오구조,)

願得連冥不復曙, 一年都一曉!

(원득련명불복서, 일년도일효!)

奈何許[7]!

(내하허!)

石闕[8]生口中, 銜碑不得語.

(석궐생구중, 함비부득어.)

---

4) 郎(랑) : 낭군, 장부(丈夫).

5) 彈去(탄거) : 탄환(彈丸)으로 쏘아 없애버리다.

6) 烏臼鳥(오구조) : 아구(雅舅)라 흔히 부르는 철새로 날이 밝을 무렵 많이 운다 한다. 편의상 종달새라 번역하였다.

7) 許(허) : 조사.

8) 石闕(석궐) : 옛날 묘도(墓道) 밖 좌우에 석궐을 세워놓고, 거기에 죽은 이의 관작(官爵)과 이름을 새겼었다. 여기서는 뒤의 비(碑)와 같은 뜻으로 비(悲), 곧 슬픔을 뜻한다.

思歡⁹⁾不得來, 抱被空中語.
(사환부득래, 포피공중어.)
月沒星不亮, 持底明儂緖?
(월몰성불량, 지저명농서?)

---

9) 歡(환) : 사랑하는 사람, 님.

성랑곡(聖郎曲)1)

왼편에서도 둥실둥실 춤추지 않고
오른편에서도 너울너울 춤추지 않지만,
선인(仙人)도 성랑(聖郎) 곁에 있고
옥녀(玉女)도 성랑 옆에 있네.
술은 사탕맛이 나는 것도 아닌데
술 때문에 온통 얼굴 붉어져 있네.

---

1) 이 노래는 본시 강남(江南) 지방 민간에서 신(神)에게 제사지낼 적
   에 부르던 악장(樂章)이다. 여기에서 제사지내던 것은 모두가 잡신
   (雜神)이나 잡귀(雜鬼)여서, 여기의 성랑(聖郎)도 어떤 신인지는 알
   길이 없다.

聖郞曲(성랑곡)

左亦不佯佯[1], 右亦不翼翼,
(좌역불양양, 우역불익익,)

仙人在郞旁, 玉女在郞側.
(선인재랑방, 옥녀재랑측.)

酒無沙糖味, 爲他通顔色.
(주무사탕미, 위타통안색.)

---

1) 佯佯(양양) : 익익(翼翼)과 함께 춤을 추는 모양. 무당이 춤을 추며
   사신(祀神)을 하였던 것이다.

교녀시(嬌女詩)[1]

저벅저벅 걸어서 다리 위에 이르니
황하 물은 동쪽으로 흐르고 있네.
위에는 신선이 사시는 곳 있고
아래에는 물고기들이 서쪽으로 거슬러
올라가고 있네.
행인도 홀로 가는 이 없이
셋이나 둘씩 함께 가는데.

---

1) 교녀시(嬌女詩)도 신현가(神弦歌) 중의 하나. 이 노래를 부르며 제사
지내던 교녀(嬌女)의 사당(祠堂)은 다리 위에 있었던 듯하다.

嬌女詩(교녀시)

蹀躞[1]越橋上, 河水東西[2]流.

(접섭월교상, 하수동서류.)

上有神仙居, 下有西流魚.

(상유신선거, 하유서류어.)

行不獨自去, 三三兩兩俱.

(행부독자거, 삼삼량량구.)

---

1) 蹀躞(접섭) : 저벅저벅 걷는 모양.

2) 東西(동서) : 동서는 한쪽 뜻만 나타내는 복사(複辭)로 동쪽의 뜻만을 나타낸다. 이런 방법은 옛 시에 흔히 쓰였다.

청계소고곡(清溪小姑曲)[1]

문을 열면 백수가 있고
가까이에는 다리가 놓여 있는데,
소고(小姑)께서 사시는 곳이나
홀로 지내시며 낭군이 없으시네.

---

1) 역시 신현가(神弦歌) 중의 하나. 소고(小姑)는 한(漢)나라 말릉위(秣
陵尉) 장자문(蔣子文)의 셋째 누이동생인데, 오(吳)나라 손권(孫權)
때에 장자문이 종산(鍾山)에 그의 묘(廟)를 세웠다 한다. 그래서 종
산은 장산(蔣山)이라 불리게도 되었으며, 소고가 신으로 모셔지게 된
것도 그때부터인 듯하다. 소설 중에도 소고와 관계되는 전설이 무척
많이 전해지고 있는데, 그 시대는 거의 모두 진(晉)·송(宋) 두 시대
의 일로 되어 있다.

清溪小姑曲(청계소고곡)

開門白水, 側近橋梁,
(개문백수, 측근교량,)
小姑所居, 獨處無郎.
(소고소거, 독처무랑.)

석성악(石城樂)[1]
― 2수

석성 아래에서 자라나
창만 열면 성루(城樓)가 보이네.
성안의 여러 젊은이들
드나들며 서로 잘 어울리네.

봄 되어 많은 꽃 피니
꽃을 꺾어 둥근 머리 쪽 앞에 꽂네.
팔짱끼고 걸으며 시름 잊는 중에
서로 함께 한창 나이 되었네.

---

1) 석성악(石城樂)은 청상곡사(淸商曲辭) 서곡가(西曲歌)에 속하는 노래. 석성은 지금의 호북성(湖北省) 종상현(鍾祥縣)에 있었다.

石城樂(석성악)

生長石城下, 開牕對城樓.
(생장석성하, 개창대성루.)
城中諸少年, 出入見依投[1].
(성중제소년, 출입견의투.)

陽春百花生, 摘揷環髻前.
(양춘백화생, 적삽환계전.)
挽指[2]踏忘愁, 相與及盛年.
(완지답망수, 상여급성년.)

---

1) 依投(의투) : 서로 잘 어울리어 노는 것.
2) 挽指(완지) : 팔짱끼다, 손을 잡다.

막수악(莫愁樂)[1]

님께서 양주로 떠나시는데
초산 기슭에까지 와 전송하는데,
손 뻗어 허리 껴안기에 보니
강물도 끊이어 흐르지 않는 듯.

---

1) 청상곡사(淸商曲辭) 서곡가(西曲歌)에 속하는 노래. 막수는 석성(石
城)에 살던 여자 이름으로, 노래를 무척 잘했다 한다.

莫愁樂(막수악)

聞歡下揚州, 相送楚山頭.
(문환하양주, 상송초산두.)
探手抱腰看, 江水斷不流.
(탐수포요간, 강수단불류.)

삼주가(三洲歌) 1)
― 2수

님을 판교만에서 전송하고는
삼산 기슭에 와서 기다리네.
멀리 수많은 폭의 돛 보이는데,
바람을 따라 떠가고 있는 것임을 알겠네.

바람 따라 떠가니 잠시도 멈추지 않고
삼산에 떠가던 배 가리워 지네.
바라건대 비목어 되어
님 따라 멀리까지 가 함께 노닐었으면!

---

1) 삼주가(三洲歌) : 옛날 장사꾼들은 장강(長江)에서 배를 타고 파릉
(巴陵, 지금의 湖南省 岳陽縣)에까지 많이 다녔는데, 늘 삼강구(三
江口)를 지나다니면서 이 노래를 불렀다 한다(《古今樂錄》). 삼강구는
지금의 소주(蘇州) 근처라 한다.

三洲歌(삼주가)

送歡板橋灣[1], 相待三山[2]頭.
(송환판교만,　상대삼산두.)
遙見千幅帆, 知是逐風流.
(요견천폭범,　지시축풍류.)

風流不暫停, 三山隱行舟
(풍류부잠정,　삼산은행주)
願作比目魚[3], 隨還千里遊.
(원작비목어,　수환천리유.)

---

1) 板橋灣(판교만) : 지금의 남경 서남쪽에 있던 포구(浦口) 이름.
2) 三山(삼산) : 판교만에 아주 가까운 곳에 있는 산 이름.
3) 比目魚(비목어) : 언제나 두 마리가 나란히 다닌다는 물고기 이름.
많은 학자들이 실제 물고기에서 비목어를 찾아내려 애썼으나 소용없는 노력이라 여겨진다. 정다운 두 남녀를 비유하기 위하여 만들어 낸 전설적인 물고기라 보는 게 좋을 것이다.

북조악부

北朝樂府

기유가(企喩歌)[1]
— 2수

남아가 호쾌해지려면
꼭 친구 많아야 하는 건 아닐세.
새매가 하늘 위를 날으면
참새떼 좌우로 흩어지며 숨는다네.

남아라는 가련한 벌레는
문을 나서면 죽는 걱정해야 하니,
좁은 골짜기 가운데서 죽어 버리면
백골조차 아무도 거두어 주는 이 없네.

---

1) 〈기유가〉는 '양고각횡취곡(梁鼓角橫吹曲)'에 속하며, 일종의 군가(軍歌) 같은 성격의 노래이다. 〈남아가련충(男兒可憐虫)〉은 부융(苻融)의 시라고도 한다.

企喩歌(기유가)

男兒欲作健,[1] 結伴不須多.
(남아욕작건, 결반불수다.)
鷂[2]子經天飛, 羣雀兩向波.[3]
(요자경천비, 군작양향파.)

男兒可憐蟲, 出門懷死憂.
(남아가련충, 출문회사우)
尸喪狹谷中, 白骨無人收.
(시상협곡중, 백골무인수.)

---

1) 健(건) : 건아(健兒), 호걸남아(豪傑男兒).

2) 鷂(요) : 새매.

3) 兩向波(양향파) : 좌우 양편으로 흩어지며 숨는다. 파(波)는 파(播)의
   뜻으로 보기도 한다.

낭야왕가(瑯琊王歌) 1)
― 2수

새로 다섯 자 길이의 큰 칼 사서
가운데 들보 기둥에 걸어놓고
하루에도 세 번씩 쓰다듬으니
십오 세 여인 사랑하는 것보다도 더하네.

동산에 올라 서편으로 흐르는 물 보니
물은 바윗돌 사이를 굽이치며 흐르고 있네.
남편 죽자 어미는 개가하니
고아만 매우 가엾게 되는구려.

---

1) 〈낭야왕가〉는 여덟 곡이 전하는데, 그 중 세 곡이 '낭야부랑야(瑯琊
復瑯琊)'라는 구절로 시작되고 있다. 무슨 뜻인지 알기 어렵지만, 적
어도 〈남조악부(南朝樂府)〉와 같은 슬픈 사랑이나 애절한 그리움 같
은 여린 감정을 노래한 작품은 전혀 눈에 띄지 않는다.

瑯瑘王歌(낭야왕가)

新買五尺刀, 懸著中梁柱.
(신매오척도, 현저중량주.)
一日三摩娑,1) 劇2)於十五女.
(일일삼마사, 극어십오녀.)

東山看西水, 水流盤石間.
(동산간서수, 수류반석간.)
公死姥更嫁, 孤兒甚可憐.
(공사모갱가, 고아심가련.)

---

1) 摩娑(마사) : 쓰다듬다. 어루만지다.
2) 劇(극) : 심한 것.

자류마가(紫騮馬歌)1)

높고 높은 산꼭대기의 나무
바람 불어 잎새 떨어져 날리네.
한 번 날려 수천리 날아가니
언제면 옛 고장으로 돌아갈 수 있을까?

---

1) 자류마(紫騮馬)는 검은 갈기가 달린 적자색(赤紫色)의 털을 지닌 말
로, 종군하는 사람이 타고 있는 군마(軍馬)이다. 북조(北朝)에는 특
히 전쟁이 잦아 남자들은 흔히 집을 떠나 전쟁터에 나가야만 하였다.
이 시도 집 떠난 군사의 집 그리움을 비유로 노래한 것이다.

紫騮馬歌(자류마가)

高高山頭樹, 風吹葉落去.
(고고산두수, 풍취엽락거.)
一去數千里, 何當還故處?
(일거수천리, 하당환고처?)

지구악가사(地驅樂歌辭) 1)
― 3 수

탄식하고 한숨지으며
임 생각에 가슴 에이네.
임의 오른팔 베고
임 따라 함께 뒤척이던 시절도 있었건만.

임의 수염 쓰다듬으며
임의 얼굴빛 보니
임은 날 생각 않는 듯하지만
어찌 하는 수가 없네.

양떼 몰고 계곡으로 들어가니
흰 양이 앞에 있네.
늙은 처녀 시집가지 못해
발 구르며 하늘에 소리치네.

---

1) 이 두 곡은 모두 사랑에 관계된 노래이지만 앞의 〈남조악부(南朝樂
府)〉보다는 아무래도 선이 굵다. 남방과 북방의 기질 차이 때문일
것이다.

地驅樂歌辭(지구악가사)

側側力力,[1] 念君無極.
(측측역력, 염군무극.)

枕郎左臂, 隨郎轉側.[2]
(침랑좌비, 수랑전측.)

摩捋郎鬚, 看郎顏色.
(마부랑수, 간랑안색.)

郎不念女, 不可與力.
(낭불념여, 불가여력.)

驅羊[3]入谷, 白羊在前.
(구양입곡, 백양재전.)

老女不嫁, 蹋地[4]呼天.
(노녀불가, 답지호천.)

---

1) 側側力力(측측역력) : 탄식하며 슬퍼하는 모양.

2) 轉側(전측) : 이리 뒹굴 저리 뒹굴하며 잠을 못 이루는 것.

3) 羊(양) : 양은 무엇을 뜻하는 것인지 분명치 않다. 결혼의 장애요소를 비유한 것임에는 틀림없을 것이다.

4) 蹋地(답지) : 발을 구르는 것.

작로리가사(雀勞利歌辭)1)

눈이 펄펄 내리는데 참새들이 쨋쨋거리네.
긴 부리 새들은 배부르게 먹고 짧은 부리 새들은
굶주리기 때문일세.

---

1) 雀勞利(작노리) : 참새가 조잘조잘 지저귀는 것. 이 시는 새를 빌어
   사회의 모순을 고발한 노래이다.

雀勞利歌辭(작로리가사)

雨[1] 雪霏霏[2]雀勞利,
(우설비비작로리,)
長嘴飽滿短嘴飢.
(장취포만단취기.)

---

1) 雨(우) : 비나 눈이 내린다는 동사.
2) 霏霏(비비) : 눈이 펄펄 내리는 모양.

격곡가(隔谷歌) 1)
── 2 수

형은 성안에 있고 아우는 밖에 있다.
활줄 끊어지고
화살 부러진 데다가
식량조차 다 떨어졌으니 어떻게 살아나나?
날 살려다오!
날 살려다오!

형은 포로되어 곤욕을 치르느라
뼈 앙상하고 힘 지친데다가 제대로 먹지도 못하는데,
아우는 관리되어 말조차도 곡식 먹이거늘
어찌하여 돈 아까워 나를 대속(代贖)해 주지 않나!

---

1) 여기에 소개한 〈격곡가〉들은 본시 제목은 같으면서도 따로따로 떨어
　져 실려 있는 작품이다. 아마도 뒤의 것이 더 뒤에 나온 노래인 듯
　하다. 앞의 작품은 포위된 성안의 군사들이 부른 노래인 듯하고, 뒤
　의 노래는 여러 가지 사회의 모순을 풍자한 작품인 듯하다.

隔谷歌(격곡가)

兄在城中弟在外.

(형재성중제재외.)

弓無弦, 箭無栝.[1]

(궁무현, 전무괄.)

食糧乏盡若爲[2]活?

(식량핍진약위활?)

救我來![3] 救我來!

(구아래! 구아래!)

兄爲俘虜[4]受困辱, 骨露力疲食不足.

(형위부로수곤욕, 골로력피식부족.)

---

1) 栝(괄) : 화살의 끝머리. 화살 끝머리가 없다는 것은 화살도 다 부러
져 더 싸울 수 없음을 뜻한다.
2) 若爲(약위) : 여하(如何), 어떻게.
3) 來(래) : 명령이나 권유를 나타내는 어조사.
4) 俘虜(부로) : 포로. 죄인.

弟爲官吏馬食粟, 何惜錢刀[5]來我贖.
(제위관리마식속, 하석전도래아속.)

---

5) 錢刀(전도) : 돈. 옛날에는 칼 모양의 돈이 있었다.

착늭가(捉搦歌)[1]
— 2수

곡식은 찧기 어려우면 절구에 맡기고
해진 옷은 깁기 어려우면 솜씨 좋은 여자에게 맡기네.
남자는 천 가지로 못되었다 하더라도 한집안 먹여 살릴 수완(手
腕) 있으니
늙도록 여자가 시집가지 않으면 오직 입으로 음식만 축낼 따름
이네.

누런 산뽕나무 나막신이나 부들 짚신 신고
가운데에 비단실 매고 머리 양쪽에 묶었네.
어려서는 어머니 생각 커서는 남자 생각,
어찌 빨리 시집보내지 않고 집안일만 따지나?

---

1) 착늭가(捉搦歌) : 착늭은 잡는다는 뜻. 모두 여자들에게 시집가야 함
   을 강조하는 노래들이니, 약탈혼(掠奪婚)의 옛 풍속을 내비치고 있
   는 제명(題名)인지도 모르겠다.

捉搦歌(착닉가)

粟穀難舂[1]付石臼, 弊衣難護付巧婦.
(속곡난용부석구, 폐의난호부교부.)
男兒千凶[2]飽人手[3], 老女不嫁只生口[4].
(남아천흉포인수, 노녀불가지생구.)

黃桑柘屐[5]蒲子履[6], 中央有絲兩頭繫.
(황상자극포자리, 중앙유사양두계.)
小時憐母大憐婿, 何不早嫁論家計?
(소시련모대련서, 하부조가논가계?)

---

1) 舂(용) : 곡식을 찧는 것.

2) 千凶(천흉) : 천 가지 흉악함, 여러 가지로 못된 것.

3) 飽人手(포인수) : 사람들을 배불리 먹일 수완이 있다, 한 집안은 꾸려갈 능력이 있다.

4) 只生口(지생구) : 다만 입만 살리다, 오직 음식만 축내며 살아가다.

5) 桑柘屐(상자극) : 산뽕나무로 만든 나막신.

6) 蒲子履(포자리) : 부들로 만든 짚신.

절양류가사(折楊柳歌辭)1)
― 2수

배 속 시름 때문에 즐겁지 못한지라
님의 말채찍이라도 되었으면 싶네.
출입할 적이면 님의 팔에 매어 있고,
앉아있을 적에는 임의 무릎 가에 있으니!

씩씩한 사나이는 빠른 말이 필요하고
빠른 말은 씩씩한 사나이를 필요로 하니,
후닥닥 누런 먼지 속 달려야만
자웅을 가릴 수 있게 된다네.

---

1) 이 〈절양류가사〉도 '양고각횡취곡(梁鼓角橫吹曲)'에 속하는 것으로
   기타 북조 악부와 성격이 비슷하다.

折楊柳歌辭(절양류가사)

服中愁不樂, 願作郎馬鞭.

(복중수불락, 원작낭마편.)

出入攬1)郎臂,2)　蹀座3)郎膝邊.

(출입환랑비, 접좌낭슬변.)

健兒須快馬, 快馬須健兒,

(건아수쾌마, 쾌마수건아,)

跛跋4)黃塵下, 然後別雄雌.

(별발황진하, 연후별웅자.)

---

1) 攬(환) : 꿰다. 매이다.

2) 臂(비) : 팔.

3) 蹀座(접좌) : 말을 타고 가면서 앉아 있는 것. 말 위에 앉아 가는 것.

4) 跛跋(별발) : 말이 후다닥 재빨리 달려가는 것.

절양류지가(折楊柳枝歌)[1]
── 2수

문앞에 대추나무 한 그루
해가 가도 늙을 줄을 모르네.
할매야 손녀 시집보내지 않고
어떻게 손자 안아볼 건가?

퓨퓨 또 휴휴 한숨쉬며
여인이 창앞에서 베를 짜는데,
베틀과 북 소리는 들리지 않고
오직 여인의 탄식뿐이네.

---

1) 절양류지가(折楊柳枝歌) : 옛사람들은 이별할 적에 떠나는 사람에게
   버들가지를 꺾어 주었으므로, '절양류'란 대체로 앞의 절양류가사(折
   楊柳歌辭)나 비슷한 성격의 이별을 뜻하는 말일 것이다. 그러나 여
   기에는 여자의 출가(出嫁)와 관계되는 노래가 대부분이다.

折楊柳枝歌(절양류지가)

門前一株棗, 歲歲不知老.
(문전일주조, 세세부지로.)
阿婆[1]不嫁女, 那得孫兒抱?
(아파불가녀, 나득손아포?)

敕敕[2]何力力, 女子臨窗織.
(칙칙하역력, 여자임창직.)
不聞機杼[3]聲, 只聞女歎息.
(불문기저성, 지문여탄식.)

---

1) 阿婆(아파) : 할머니.
2) 敕敕(칙칙) : 역력(力力)과 함께 한숨 소리.
3) 機杼(기저) : 베틀과 북.

농두유수가사(隴頭流水歌辭) 1)
― 2수

농산 꼭대기에 흐르는 물은
흘러 서쪽으로 내려가고 있네.
내 한 몸 가엾게도 거친 들판 떠돌고 있네.

서쪽으로 농산을 올라가니
양 창자처럼 길은 꾸불거리네.
산 높고 계곡은 깊어
나도 모르게 발이 저려오네.

---

1) 위에 인용한 북조민가(北朝民歌)들과 함께 '양고각횡취곡(梁鼓角橫吹曲)'에 속하는 노래. 농(隴)은 농산(隴山)으로 지금의 섬서성(陝西省) 농현(隴縣)에서 시작하여 여러 현(縣)에 걸쳐 뻗어있는 산, 농저(隴坻)·농판(隴阪)이라고도 부른다. 그 산꼭대기에는 맑은 물이 솟아 아래로 흐르고 있다 한다.

隴頭流水歌辭(농두유수가사)

隴頭流水, 流離西下.
(농두유수, 유리서하.)
念吾一身飄曠野.
(염오일신표광야.)

西上隴阪, 羊腸九回.
(서상농판, 양장구회.)
山高谷深, 不覺脚酸[1].
(산고곡심, 불각각산.)

---

1) 酸(산) : 시리다, 저리다.

농두가사 (隴頭歌辭) 1)
── 2수

아침에 흔성을 떠나와
저녁엔 농산에서 잠을 자네.
추위로 말도 할 수 없고
혀가 말려 목구멍으로 들어가네.

농산에 흐르는 물
물소리 흐느끼는 듯하네.
멀리 진천을 바라보니
애간장 끊이는 듯하네.

---

1) 농두가사(隴頭歌辭) : 앞의 '농두유수가사(隴頭流水歌辭)'와 비슷한
풍격의 노래. 함께 놓아도 괜찮을 성격의 것이다.

隴頭歌辭(농두가사)

朝發欣城[1], 暮宿隴頭.
(조발흔성, 모숙농두.)
寒不能語, 舌卷入喉.
(한불능어, 설권입후.)

隴頭流水, 鳴聲嗚咽.
(농두유수, 명성오열.)
遙望秦川[2], 心肝斷絶.
(요망진천, 심간단절.)

---

1) 欣城(흔성) : 어느 곳인지 확실치 않다. 노래 부르는 사람의 고향임은
   분명하다.
2) 秦川(진천) : 관중(關中) 지방을 가리킨다. 곧 농산 동쪽으로부터 함
   곡관(函谷關)에 이르는 지방이다.

목란사(木蘭辭)[1]

한숨에 또 한숨 쉬며
목란(木蘭) 아가씨 베틀 위에 올라앉았는데
베틀 소리는 들리지 않고
아가씨 한숨만이 들린다.
아가씨는 무얼 생각하고 있고,
아가씨는 무얼 그리고 있는가?
"저는 다른 생각 하는 것 없고
무얼 그리는 것도 없습니다.

어젯밤 징병(徵兵) 쪽지가 나왔는데,

---

1) 〈목란사〉는 북방 민간의 서사시를 대표하는 작품으로 한나라 말엽에
나온 남방의 〈공작동남비(孔雀東南飛)〉와 함께 중국 고대 서사시의
쌍벽을 이루고 있다. 남조(南朝)의 〈공작동남비〉는 봉건사회에서 힘
없는 여자가 겪는 가정 비극을 노래한 것인데 비하여, 북조(北朝)의
〈목란사〉는 늙은 아버지를 대신하여 젊은 딸이 남장을 하고 전쟁터
에 나가 큰 공을 세우고 돌아온다는 줄거리의 얘기이다. 똑같은 사회
의 여자들이지만 남방과 북방이란 지리적인 조건은 이처럼 기질상의
큰 차이를 낳아 놓은 것이다. 이 시가 유행한 이후 목란은 잔 다크
처럼 중국 사람들이 사랑하는 영웅으로 변했다. 그리하여 지금까지도
그의 얘기는 〈화목란(花木蘭)〉이란 경희(京戲)로 개편되어 중국 사

임금님이 크게 군사를 모으기 시작하여
열두 권의 군서(軍書)가 작성되었고
매권마다 아버님 이름이 올라있답니다.
아버님께는 큰아들 없고
목란에겐 손위 오빠 없으니,
말안장과 말을 사다 타고
아버님 대신 출정할까 합니다."

동쪽 저자에 가 준마(駿馬)를 사고
서쪽 저자에 가 안장을 사고
남쪽 저자에 가 머리고삐 사고
북쪽 저자에 가 긴 채찍 산 뒤,
아침에 아버지 하직하고 떠나

람들이 가장 좋아하는 연극의 하나로 민간에 유행하고 있다. 당대(唐代)의 시인 두목(杜牧, 803~852년)은 〈제목란묘(題木蘭廟)〉라는 제목의 다음과 같은 시를 쓴 바 있다.

활줄 당기며 전쟁터에서 남자 노릇했지만(彎弓征戰作男兒),
꿈속에선 밤마다 눈썹 그리며 화장했으리라(夢裏曾經與畫眉).
언제고 돌아가고 싶은 생각 간절할 적엔 술잔 들고(幾度思歸還把酒),
불운퇴(拂雲堆)에서 옛날 흉노에게 끌려갔던 왕소군(王昭君)의 넋을 빌었으리(拂雲堆上祝明妃).

이 시를 통해 보면 묘당(廟堂)까지 있었으니, 목란은 실제 인물인 듯하다.

저녁엔 황하(黃河) 가에 묵게 되니,
부모님이 딸 부르던 소리는 들리지 않고
황하 물 흐르는 소리만 철렁철렁 들린다.
다시 아침에 황하 가를 떠나
저녁에 흑산(黑山) 기슭에 당도하니,
부모님이 딸 부르던 소리는 들리지 않고
연산(燕山)의 오랑캐 기병(騎兵)들 소리만이 쏼라쏼라 들린다.

만리 길을 부대 쫓아 달리고
관산(關山)을 나는 듯이 넘나드는데,
찬 기운 쇠밥통 통해 전해지고
싸늘한 햇빛 갑옷 위에 비추인다.
장병들이 숱한 싸움에 죽어간 뒤
우리 장사는 10년 만에 집으로 돌아오게 되었다.

돌아와 천자를 뵙게 되었는데
천자는 명당(明堂)에 앉아,
공로를 12등급으로 따져
굉장한 상을 내리게 되었다.
임금이 소원을 물으니
목란은 상서랑(尙書郞) 벼슬 사양하며,
다만 천리마(千里馬)를 빌려 타고
고향으로 돌아가게 해 달라고 하였다.

부모님들은 딸이 돌아온단 말 듣고

서로 부축하며 성문 밖으로 나갔고,
동생들은 언니 온단 말 듣고,
창앞에서 얼굴 단장하고,
어린 동생은 누님 온단 말 듣고
칼을 싹싹 갈아 들고 돼지와 양을 잡았다.
목란은 동쪽 문 열고 들어와
서쪽 행랑 걸상에 앉아
군복을 벗고
옛날 입던 치마를 입고서,
창앞에서 구름 같은 머리 매만지고
거울 앞에서 얼굴 화장한 다음
문을 나와 친구들 만나니,
친구들 모두 깜짝 놀라며
함께 12년을 지냈지만
목란이 아가씨인 줄은 까맣게 몰랐다 한다.

수토끼 암토끼 깡충깡충 뛸 적엔
암토끼 수토끼 똑똑히 볼 겨를 없거늘,
한 쌍 토끼가 나란히 달렸다 해서
어찌 한 놈의 암수를 분별할 수 있으랴!

木蘭辭(목란사)

唧唧復唧唧,[1] 木蘭[2]當戶織.
(즉즉부즉즉, 목란당호직.)
不聞機杼[3]聲, 唯聞女歎息.
(불문기저성, 유문여탄식.)
問女何所思, 問女何所憶.
(문여하소사, 문여하소억.)
女亦無所思, 女亦無所憶.
(여역무소사, 여역무소억.)

昨夜見軍帖,[4] 可汗[5]大點兵,
(작야견군첩, 가한대점병,)

---

1) 唧唧(즉즉) : 탄식하는 소리.
2) 木蘭(목란) : 여자 이름. 그에 관한 여러 가지 전설이 후세에 생겨났으나 모두 알 수 없는 얘기이다.
3) 機杼(기저) : 베틀과 북.
4) 軍帖(군첩) : 징병 문서.
5) 可汗(가한) : 서북방의 민족들은 임금을 가한(可汗)이라 불렀는데, 한대(漢代) 이후에 유행한 칭호인 듯하다.

軍書十二卷, 卷卷有爺名.
(군서십이권, 권권유야명.)

阿爺無大兒, 木蘭無長兄,
(아야무대아, 목란무장형,)

願爲市鞍馬, 從此替爺征.
(원위시안마, 종차체야정.)

東市買駿馬, 西市買鞍韉6)
(동시매준마, 서시매안천)

南市買轡頭, 北市買長鞭.
(남시매비두, 북시매장편.)

旦辭爺娘去, 暮宿黃河邊.
(단사야낭거, 모숙황하변.)

不聞爺娘喚女聲, 但聞黃河流水鳴濺濺.7)
(불문야낭환녀성, 단문황하유수명천천.)

旦辭黃河去, 暮至黑山8)頭,
(단사황하거, 모지흑산두,)

---

6) 鞍韉(안천) : 말안장과 안장 밑에 까는 깔개.

7) 濺濺(천천) : 강물이 흐르는 모양.

8) 黑山(흑산) : 지금의 산서성(山西省) 오대현(五臺縣) 동남쪽에 하북성
　　(河北省)과 경계에 있는 산 이름. 산 위에 관문(關門)이 있어 하북,
　　산서의 교통 요지였다.

不聞爺娘喚女聲, 但聞燕山9)胡騎鳴啾啾.10)
(불문야낭환녀성, 단문연산호기명추추.)

萬里赴戎機, 關山度若飛.
(만리부융기, 관산도약비.)
朔氣傳金柝,11) 寒光照鐵衣.12)
(삭기전금탁, 한광조철의.)
將軍百戰死, 壯士十年歸.
(장군백전사, 장사십년귀.)

歸來見天子, 天子坐明堂.13)
(귀래견천자, 천자좌명당.)
策勳十二轉,14) 賞賜百千强.
(책훈십이전, 상사백천강.)

---

9) 燕山(연산) : 외몽고에 있는 항애산(杭愛山). 연연산(燕然山)이라고
도 부른다.

10) 啾啾(추추) : 사람들이 두런거리는 소리.

11) 金柝(금탁) : 동(銅)으로 만든 옛날 군용 취사도구. 세 발이 달리고
자루가 있었으며 한 말 정도의 용량인데, 밥을 짓는 이외에도 두드
려 신호를 알리는 데에도 쓰였다.

12) 鐵衣(철의) : 갑옷.

13) 明堂(명당) : 천자가 제사를 지내기도 하고, 제후(諸侯)들을 접견하
기도 하며, 교학(教學)과 선사(選士)도 하던 장소.

14) 十二轉(십이전) : 공훈(功勳)을 책정(策定)할 때 나누던 열두 종류의
등급.

可汗聞所欲, 木蘭不用尙書郞,[15]
(가한문소욕, 목란불용상서랑,)
願馳千里足,[16] 送兒還故鄕.[17]
(원치천리족, 송아환고향.)

爺娘聞女來, 出郭相扶將.
(야낭문녀래, 출곽상부장.)
阿妹聞姊來, 當戸理紅粧.
(아매문자래, 당호리홍장.)
小弟聞姊來, 磨刀霍霍[18]向豬羊.
(소제문자래, 마도곽곽향저양.)
開我東閣門, 坐我西閣牀,
(개아동각문, 좌아서각상,)
脫我戰時袍, 着我舊時裳,
(탈아전시포, 착아구시상,)

---

15) 尙書郞(상서랑) : 벼슬 이름. 상서기관(尙書機關)의 시랑(侍郞).

16) 千里足(천리족) : 어떤 판본엔 '원차명타천리족(願借明駝千里足)'으로
   되어 있으니 낙타를 가리키는 듯하나 여기서는 알기 쉽게 천리마(千
   里馬)로 번역했다.

17) 兒(아) : 여자의 자칭(自稱).

18) 霍霍(곽곽) : 칼을 싹싹 가는 모양.

當窗理雲鬢, 對鏡帖花黃.[19)

(당창리운빈, 대경첩화황.)

出門看火伴,[20) 火伴皆驚忙.

(출문간화반, 화반개경망.)

同行十二年, 不知木蘭是女郞.

(동행십이년, 부지목란시녀랑.)

雄兔脚撲朔,[21) 雌兔眼迷離,[22)

(웅토각박삭, 자토안미리,)

雙兔傍地走, 安能辨我是雄雌?

(쌍토방지주, 안능변아시웅자?)

---

19) 帖花黃(첩화황) : 화황(花黃)을 붙이다. 육조(六朝) 시대의 여자들은
   황액장(黃額妝)이라 하여 이마에 노란 화장품을 발랐다. 후위(後魏)
   의 민간 부인들은 황미흑장(黃眉黑妝)을 했는데, 이것도 첩화황(帖
   花黃)과 관계가 있는 것인지도 모른다.

20) 火伴(화반) : 친구, 동료.

21) 撲朔(박삭) : 팔딱팔딱 뛰는 모양.

22) 迷離(미리) : 희미한 것, 분명치 않은 것.

색　인(索引)

[ㄱ]

가련지자오(可憐持自誤) ············· 167
가련체무비(可憐體無比) ············· 132
가사마(駕駟馬) ···················· 69
가용해우수(可用解憂愁) ············· 56
가이졸천년(可以卒千年) ············· 147
가작백단선(可作白團扇) ············· 189
가중유아수(家中有阿誰) ············· 111
가치천만여(可値千萬餘) ············· 79
가한대점병(可汗大點兵) ············· 240
가한문소욕(可汗聞所欲) ············· 243
각각환가문(各各還家門) ············· 148
각목작반초(刻木作班鵤) ············· 185
각여소고별(却與小姑別) ············· 137
간랑안색(看郎顔色) ················· 220
감군구구회(感君區區懷) ············· 138
감랑위상성(感郎爲上聲) ············· 183
강남가채련(江南可採蓮) ············· 41
강수단불류(江水斷不流) ············· 207
강수위갈(江水爲竭) ················· 39

개문백수(開門白水) ················· 203
개아동각문(開我東閣門) ············· 243
개언부서수(皆言夫壻殊) ············· 79
개용청사천(皆用靑絲穿) ············· 145
개창대성루(開牕對城樓) ············· 205
개창취일광(開窗取日光) ············· 174
객종원방래(客從遠方來) ············· 94
갱반일시숙(羹飰一時熟) ············· 112
거동자전유(擧動自專由) ············· 132
거생불락(居生不樂) ················· 71
거수박마안(擧手拍馬鞍) ············· 147
거수장로로(擧手長勞勞) ············· 139
거신부청지(擧身赴淸池) ············· 150
거언위신부(擧言謂新婦) ············· 133
거언위아매(擧言謂阿妹) ············· 142
거체난혜향(擧體蘭蕙香) ············· 174
거회영무연(渠會永無緣) ············· 143
건아수쾌마(健兒須快馬) ············· 229
격진탄(隔津歎) ···················· 192
견거신막류(遣去愼莫留) ············· 132
견고아제색기모(見孤兒啼索其母) ·· 65
견련불분명(見蓮不分明) ············· 162

246

견승위매인(遣丞爲媒人) ············ 142
견우어직녀(牽牛語織女) ············ 192
결반불수다(結伴不須多) ············ 214
결발동침석(結髮同枕席) ············ 131
결서불별리(結誓不別離) ············ 141
겸괴귀가자(兼愧貴家子) ············ 136
경가거성혼(卿可去成婚) ············ 144
경단잠환가(卿但暫還家) ············ 133
경당일승귀(卿當日勝貴) ············ 147
경상불타지(經霜不墮地) ············ 179
경열불능어(哽咽不能語) ············ 133
경자망기리(耕者忘其犁) ·············· 77
계명구폐(雞鳴狗吠) ··················· 36
계명외욕서(鷄鳴外欲曙) ············ 135
계명입기직(鷄鳴入機織) ············ 130
계비음청혈(鍥臂飲淸血) ············ 185
계지신물망(戒之愼勿忘) ············ 151
계지위롱구(桂枝爲籠鉤) ·············· 76
고견래귀문(故遣來貴門) ············ 142
고고산두수(高高山頭樹) ············ 218
고당부작벽(高堂不作壁) ············ 170
고림명비풍(枯林鳴悲風) ············ 178
고사농견랑(故使儂見郎) ············ 159
고상지천풍(枯桑知天風) ·············· 93
고아루하여우(孤兒淚下如雨) ········ 70
고아생(孤兒生) ······················ 69
고아심가련(孤兒甚可憐) ············ 216
고아우생(孤兒遇生) ··················· 69
고어취탁수(枯魚就濁水) ············ 161
고의수당보(故衣誰當補) ·············· 96
고인공직소(故人工織素) ············ 107

고인종합거(故人從閤去) ············ 107
고작불량계(故作不良計) ············ 149
골로력피식부족(骨露力疲食不足) 224
공경도하(公竟渡河) ··················· 49
공랑등루침(共郎登樓寢) ············ 171
공무도하(公無渡河) ··················· 49
공불임아의(恐不任我意) ············ 139
공사모갱가(公死姥更嫁) ············ 216
공사이삼년(共事二三年) ············ 131
공양졸대은(供養卒大恩) ············ 134
공용휴양강소합탄(工用睢陽彊蘇
   合彈) ···························· 52
공작동남비(孔雀東南飛) ············ 129
공차사비기(恐此事非奇) ············ 141
과거반복(瓜車反覆) ··················· 71
과부기방황(寡婦起彷徨) ············ 151
과불여선원(果不如先願) ············ 147
과욕결금란(果欲結金蘭) ············ 179
관산도약비(關山度若飛) ············ 242
관자영도방(觀者盈道傍) ·············· 89
광풍동환소(光風動紈素) ············ 162
교결여상설(皎潔如霜雪) ·············· 81
교광시해진(交廣市鮭珍) ············ 145
교교하한녀(皎皎河漢女) ············ 104
교소천양서(巧笑倩兩犀) ············ 163
교어속장속(交語速裝束) ············ 144
교일미유혼(嬌逸未有婚) ············ 142
교입문(交入門) ······················ 65
구구막상망(久久莫相忘) ············ 135
구아래(救我來) ······················ 224
구양입곡(驅羊入谷) ················· 220

구여함주단(口如含朱丹) 136
구주발염가(口朱發艷歌) 162
구회대도구(俱會大道口) 138
군가부난위(君家婦難爲) 130
군가성이지(君家誠易知) 88
군기약견록(君旣若見錄) 138
군기위부리(君旣爲府吏) 130
군당작반석(君當作磐石) 138
군서십이권(軍書十二卷) 241
군이첩역연(君爾妾亦然) 148
군작양향파(羣雀兩向波) 214
군정부하사(君情復何似) 178
군환하소망(君還何所望) 147
궁무현(弓無弦) 224
권권유야명(卷卷有爺名) 241
귀래견천자(歸來見天子) 242
귀백일하상최촉(鬼伯一何相催促) .. 47
귀천정하박(貴賤情何薄) 149
극어십오녀(劇於十五女) 216
근심양공모(勤心養公姥) 137
금거옥작륜(金車玉作輪) 145
금비(今非) 60
금약견차부(今若遣此婦) 132
금이이십칠(今已二十七) 144
금일대풍한(今日大風寒) 148
금일부작락(今日不作樂) 56
금일위정의(今日違情義) 141
금일편독심(今日偏獨甚) 171
금일환가거(今日還家去) 137
금환지설영(今還墀雪盈) 178
급시상견귀(及時相遣歸) 130

기가핍지(其家逼之) 129
기연협사중(棄捐篋笥中) 81
기왕욕하운(其往欲何云) 143
기욕결대의(旣欲結大義) 142
기일우마시(其日牛馬嘶) 150
기장대쌍정(綺帳待雙情) 174
기정천리광(寄情千里光) 174
기치물부도(棄置勿復道) 65
기합영랑군(豈合令郎君) 141

[ㄴ]

나득손아포(那得孫兒抱) 231
나득자임전(那得自任專) 143
나득호안용(那得好顏容) 178
나부년기하(羅敷年幾何) 78
나부자유부(羅敷自有夫) 78
나부전치사(羅敷前致辭) 78
나부희잠상(羅敷喜蠶桑) 76
나상이표양(羅裳易飄颺) 161
나열자성항(羅列自成行) 89
나장기표양(羅帳起飄颺) 174
나장위수건(羅帳爲誰褰) 171
나황유쌍소(羅幌有雙笑) 175
낙낙복이이(諾諾復爾爾) 144
낙역여부운(絡繹如浮雲) 144
낙일출전문(落日出前門) 159
난방경장식(蘭房競妝飾) 174
난왈(亂曰) 64, 72
난지앙두답(蘭芝仰頭答) 143
난지참아모(蘭芝慙阿母) 140

난지초환시(蘭芝初還時) ·············· 140
남군미결대(擥裙未結帶) ·············· 161
남군탈사리(攬裙脫絲履) ·············· 150
남도구강(南到九江) ····················· 69
남시매비두(南市買轡頭) ·············· 241
남아가련충(男兒可憐蟲) ·············· 214
남아욕작건(男兒欲作健) ·············· 214
남아천흉포인수(男兒千凶飽人手) 227
남지획적당(攬芝獲赤幢) ·············· 85
남취위아탄(覽取爲我組) ·············· 96
남침북창와(擥枕北窗臥) ·············· 160
납월래귀(臘月來歸) ····················· 69
납잡최소지(拉雜摧燒之) ·············· 36
낭견욕채아(郎見欲採我) ·············· 170
낭래취농희(郎來就儂嬉) ·············· 160
낭불념여(郎不念女) ····················· 220
낭작상성곡(郎作上聲曲) ·············· 183
내감여군절(乃敢與君絶) ·············· 39
내귀상노원(來歸相怒怨) ·············· 77
내도주인문(來到主人門) ·············· 85
내도환가(來到還家) ····················· 71
내입문(來入門) ···························· 59
내재남산암석간(乃在南山巖石間) ·· 52
내재대해남(乃在大海南) ·············· 36
내투수이사(乃投水而死) ·············· 129
내하허(奈何許) ···························· 196
노녀불가(老女不嫁) ····················· 220
노녀불가지생구(老女不嫁只生口) 227
노대도상비(老大徒傷悲) ·············· 84
노마배회명(駑馬徘徊鳴) ·············· 33
노모기감언(老姥豈敢言) ·············· 142

노희명조갱부락(露晞明朝更復落) ·· 45
녹벽청사승(綠碧青絲繩) ·············· 135
농두유수(隴頭流水) ··········· 233, 235
농본시소초(儂本是蕭草) ·············· 183
뇌득현주인(賴得賢主人) ·············· 96
누락변여사(淚落便如瀉) ·············· 146
누락연주자(淚落連珠子) ·············· 137
누락첨아의(淚落沾我衣) ·············· 112
누불가지(淚不可止) ····················· 64
누여누각수(淚如漏刻水) ·············· 192
누하설설(淚下渫渫) ····················· 71

[ㄷ]

다사후세인(多謝後世人) ·············· 151
단간설상적(但看雪上跡) ·············· 179
단간송백림(但看松柏林) ·············· 179
단견쌍원앙(但見雙駕鴦) ·············· 89
단단사명월(團團似明月) ·············· 81
단문연산호기명추추(但聞燕山胡
　　騎鳴啾啾) ························ 242
단문황하유수명천천(但聞黃河流
　　水鳴濺濺) ························ 241
단사야낭거(旦辭爺娘去) ·············· 241
단사황하거(旦辭黃河去) ·············· 241
단좌관라부(但坐觀羅敷) ·············· 77
단좌진씨계수간(端坐秦氏桂樹間) ·· 52
담과자다(啗瓜者多) ····················· 71
답지호천(蹋地呼天) ····················· 220
당급시(當及時) ···························· 56
당내공하(當奈公何) ····················· 49

당대하시(當待何時) ······ 56
당부대래자(當復待來玆) ······ 56
당상계아모(堂上啓阿母) ······ 131
당상치준주(堂上置樽酒) ······ 88
당서리치복(當暑理絺服) ······ 170
당언미급득언(當言未及得言) ······ 63
당창리운빈(當窓理雲鬢) ······ 244
당풍양기회(當風揚其灰.) ······ 36
당호리홍장(當戶理紅妝) ······ 243
당흥교계(當興校計) ······ 71
대경첩화황(對鏡帖花黃) ······ 244
대교제읍(對交啼泣) ······ 64
대부직기라(大婦織綺羅) ······ 89
대수언시마(大嫂言視馬) ······ 70
대인고혐지(大人故嫌遲) ······ 130
대형언판반(大兄言辦飯) ······ 70
도류무소시(徒留無所施) ······ 130
도봉친교(道逢親交) ······ 64
도봉향리인(道逢鄉里人) ······ 111
도삽무인행(塗澁無人行) ······ 179
도상자생광(道上自生光) ······ 89
도아상태화(導我上太華) ······ 85
도애불용거(道隘不容車) ······ 88
독면도삼양(獨眠度三陽) ······ 195
독재기중직(獨在機中織) ······ 167
독차급귀(獨且急歸) ······ 71
독처무랑(獨處無郎) ······ 203
돌(咄) ······ 60
동가유현녀(東家有賢女) ····· 132, 149
동광호(東光乎) ······ 43
동농함소용(動儂含笑容) ······ 170

동도제여로(東到齊與魯) ······ 69
동뢰진진(冬雷震震) ······ 39
동무복유(冬無複襦) ······ 71
동방수유고(東方須臾高) ······ 37
동방천여기(東方千餘騎) ······ 78
동산간서수(東山看西水) ······ 216
동서식송백(東西植松柏) ······ 151
동수생문전(桐樹生門前) ······ 162
동시매준마(東市買駿馬) ······ 241
동시피핍박(同是被逼迫) ······ 148
동요낭옥수(動搖郎玉手) ······ 189
동요미풍발(動搖微風發) ······ 81
동장하래견(冬藏夏來見) ······ 96
동행십이년(同行十二年) ······ 244
두견경신명(杜鵑競晨鳴) ······ 166
두다기슬(頭多蟣虱) ······ 70
두란불감리(頭亂不敢理) ······ 160
두상대모광(頭上玳瑁光) ······ 136
두상왜타계(頭上倭墮髻) ······ 76
등즉상허화(登卽相許和) ······ 143

[ㅁ]

마도곽곽향저양(磨刀霍霍向豬羊) 243
마부랑수(摩捊郎鬚) ······ 220
막령사불거(莫令事不擧) ······ 146
막아아기차한(莫我兒饑且寒) ······ 63
막작유수심(莫作流水心) ······ 187
만리부융기(萬里赴戎機) ······ 242
만물생광휘(萬物生光輝) ······ 84
만성단라삼(晚成單羅衫) ······ 146

250

망견천리기(望見千里磯) ············ 185
매인거수일(媒人去數日) ············ 141
매인하상거(媒人下牀去) ············ 144
매화낙이진(梅花落已盡) ············ 166
맥맥부득어(脈脈不得語) ············ 105
면면사원도(緜緜思遠道) ············· 93
면목다진(面目多塵) ················· 70
멸촉해라상(減燭解羅裳) ············ 174
명독당고(命獨當苦) ················· 69
명성오열(鳴聲嗚咽) ················ 235
명여남산석(命如南山石) ············ 149
명일래영여(明日來迎汝) ············ 145
모득수래귀(暮得水來歸) ············· 70
모불야귀(募不夜歸) ················· 34
모숙농두(暮宿隴頭) ················ 235
모숙황하변(暮宿黃河邊) ············ 241
모지흑산두(暮至黑山頭) ············ 241
모청거부지(母聽去不止) ············ 136
모한왕상멱(冒寒往相覓) ············ 179
목란당호직(木蘭當戶織) ············ 240
목란무장형(木蘭無長兄) ············ 241
목란불용상서랑(木蘭不用尙書郞) 243
몰명성회토(沒命成灰土) ············ 185
몽견재아방(夢見在我旁) ············· 93
무로은부용(霧露隱芙蓉) ············ 162
무익제군량(無益諸軍糧) ············· 43
무인상요환(無人相要喚) ············ 166
문군유타심(聞君有他心) ············· 36
문시수가주(問是誰家姝.) ············· 77
문여하소사(問女何所思) ············ 240
문여하소억(問女何所憶) ············ 240

문전일주조(門前一株棗) ············ 231
문환하양주(聞歡下揚州) ············ 207
물물각자이(物物各自異) ············ 135
물복원귀신(勿復怨鬼神) ············ 149
물부상사(勿復相思) ················· 36
물부중분운(勿復重紛紜) ············ 133
물위금일언(勿違今日言) ············ 148
미목양쌍아(美目揚雙蛾) ············ 163
미약고인주(未若故人姝) ············ 107
미지이삼리(未至二三里) ············ 146

[ㅂ]

반석무전이(磐石無轉移) ············ 138
반석방차후(磐石方且厚) ············ 147
발검동문거(拔劍東門去) ············· 59
발단이하장(髮短耳何長) ············· 84
발단질려장월중(拔斷蒺藜腸月中) ·· 70
발백부갱흑(髮白復更黑) ············· 85
방시향소위(芳是香所爲) ············ 159
방향이영로(芳香已盈路) ············ 159
배회정수하(徘徊庭樹下) ············ 150
백골무인수(白骨無人收) ············ 214
백로조석생(白露朝夕生) ············ 175
백록내재상림서원중(白鹿乃在
　　上林西苑中) ················ 53
백마종려구(白馬從驪駒) ············· 78
백모랑시농량(白帽郞是儂良) ······ 196
백문전(白門前) ··················· 195
백발시하난구거(白髮時下難久居) ·· 60
백양재전(白羊在前) ················ 220

백옥위군당(白玉爲君堂) ……………… 88
백천동도해(百川東到海) …………… 84
변가백공모(便可白公姥) …………… 130
변가속견지(便可速遣之) …………… 132
변가작혼인(便可作婚姻) …………… 143
변리차월내(便利此月內) …………… 144
변부재단석(便復在旦夕) …………… 149
변언다령재(便言多令才) …………… 140
변작단석간(便作旦夕間) …………… 147
별발황진하(蹳跋黃塵下) …………… 229
보념지(步念之) ………………………… 56
복유계아모(伏惟啓阿母) …………… 132
복중수불락(服中愁不樂) …………… 229
본자무교훈(本自無教訓) …………… 136
봉농다욕적(逢儂多欲摘) …………… 167
봉랑전계도(逢郎前溪渡) …………… 187
봉사순공모(奉事循公姥) …………… 134
봉약일옥상(奉藥一玉箱) ……………… 85
부군득문지(府君得聞之) …………… 144
부도자자귀(不圖子自歸) …………… 139
부득변상허(不得便相許) …………… 141
부리견정녕(府吏見丁寧) …………… 141
부리득문지(府吏得聞之) …………… 131
부리마재전(府吏馬在前) …………… 138
부리묵무성(府吏默無聲) …………… 133
부리문차변(府吏聞此變) …………… 146
부리문차사(府吏聞此事) …………… 150
부리위신부(府吏謂新婦) …………… 147
부리장궤고(府吏長跪告) …………… 132
부리재배환(府吏再拜還) …………… 149
부리환가거(府吏還家去) …………… 148

부모이거(父母已去) …………………… 69
부모재시(父母在時) …………………… 69
부병련년루세(婦病連年累歲) ……… 63
부서거상두(夫壻居上頭) …………… 78
부서종문래(夫壻從門來) …………… 96
부용파홍선(芙蓉葩紅鮮) …………… 170
부육안능거자도(腐肉安能去子逃) ‥ 33
부족영후인(不足迎後人) …………… 135
부지루하일하편편(不知淚下一
何翩翩) ……………………………………… 63
부지목란시녀랑(不知木蘭是女郎) 244
부지오모랑시수(不知烏帽郎是誰) 196
부지이아수(不知貽阿誰) …………… 112
부지하년소(不知何年少) …………… 88
북시매장편(北市買長鞭) …………… 241
분방돈교성(芬芳頓交盛) …………… 183
분불생황의(粉拂生黃衣) …………… 160
불가여력(不可與力) ………………… 220
불가의랑체(不嫁義郎體) …………… 143
불각각산(不覺脚酸) ………………… 233
불감리인부(不堪吏人婦) …………… 141
불감모구사(不堪母驅使) …………… 137
불감자언고(不敢自言苦) ……………… 69
불고귀(不顧歸) ………………………… 59
불구당귀환(不久當歸還) …………… 133
불구당환귀(不久當還歸) …………… 138
불구망군래(不久望君來) …………… 138
불능구장리(不能久長離) …………… 192
불문기저성(不聞機杼聲) …… 231, 240
불문야낭환녀성(不聞爺娘喚
女聲) ………………………………… 241, 242

252

불여조거(不如早去) 71
불영이자귀(不迎而自歸) 140
비가가이당읍(悲歌可以當泣) 102
비여추풍의(譬如秋風意) 183
비위직작지(非爲織作遲) 130
비태여천지(否泰如天地) 143
비호희(妃呼豨) 37
빈천유차녀(貧賤有此女) 141

[ㅅ]

사가래귀문(謝家來貴門) 134
사가사부서(謝家事夫壻) 143
사가서북면(斜柯西北眄) 96
사각수향낭(四角垂香囊) 134
사각용자번(四角龍子幡) 144
사견춘화월(思見春花月) 167
사고아도시(舍孤兒到市) 64
사공상부득백록포(射工尙復得
　　白鹿脯) 53
사곽북(死郭北) 33
사군견리왕(使君遣吏往) 77
사군사라부(使君謝羅敷) 78
사군일하우(使君一何愚) 78
사군자유부(使君自有婦) 78
사군종남래(使君從南來) 77
사념고향(思念故鄕) 102
사발피량견(絲髮被兩肩) 159
사부념지(思復念之) 63
사부유고신(思婦猶苦身) 170
사사사오통(事事四五通) 135

사생하수부도전후(死生何須復
　　道前後) 53
사십전성거(四十專城居) 79
사아조행급(使我朝行汲) 70
사월수광조(斜月垂光照) 174
사자양신(思子良臣) 34
사중아모견의제(舍中兒母牽衣啼) .. 59
사체강차직(四體康且直) 149
사환부득래(思歡不得來) 197
사환어대각(仕宦於臺閣) 149
삭기전금탁(朔氣傳金柝) 242
산고곡심(山高谷深) 233
산무릉(山無陵) 39
삼산은행주(三山隱行舟) 209
삼삼량량구(三三兩兩俱) 201
삼십시중랑(三十侍中郎) 79
삼월잠상(三月蠶桑) 71
삼일단오필(三日斷五疋) 130
상거부기허(相去復幾許) 104
상견상일희(相見常日稀) 130
상고당(上高堂) 70
상공추절지(常恐秋節至) 81, 84
상기위하군(緗綺爲下裙) 76
상당배아모(上堂拜阿母) 148
상당사아모(上堂謝阿母) 136
상대삼산두(相待三山頭) 209
상려유이의(常慮有貳意) 161
상련능기시(相憐能幾時) 160
상렴육칠십(箱簾六七十) 135
상봉협로간(相逢狹路間) 88
상사백천강(賞賜百千强) 242

상사여군절(相思與君絶) …………… 36
상산채미무(上山採蘼蕪) ………… 107
상송초산두(相送楚山頭) ………… 207
상야(上邪) ………………………… 39
상억막상망(相憶莫相忘) ………… 189
상언가손식(上言加飡食) …………… 94
상여급성년(相與及盛年) ………… 205
상용창랑천고(上用倉浪天故) ……… 59
상유신선거(上有神仙居) ………… 201
상회천세우(常懷千歲憂) …………… 56
생소출야리(生小出野裏) ………… 136
생인작사별(生人作死別) ………… 148
생장석성하(生長石城下) ………… 205
생재낙계변(生在洛溪邊) ………… 187
서불상격경(誓不相隔卿) ………… 138
서상농판(西上隴阪) ……………… 233
서서갱위지(徐徐更謂之) ………… 141
서시매안천(西市買鞍韉) ………… 241
서자망기서(鋤者忘其鋤) …………… 77
서중경하여(書中竟何如) …………… 94
서천불상부(誓天不相負) ………… 138
석궐생구중(石闕生口中) ………… 196
석별춘초록(昔別春草綠) ………… 178
석색공농적(惜色恐儂摘) ………… 171
석작여아시(昔作女兒時) ………… 136
석현하류류(石見何纍纍) …………… 97
선가득부리(先嫁得府史) ………… 142
선인기백록(仙人騎白鹿) …………… 84
선인재랑방(仙人在郎旁) ………… 199
설권입후(舌卷入喉) ……………… 235
섬섬작세보(纖纖作細步) ………… 136

섬섬탁소수(纖纖擢素手) ………… 104
섭리상봉영(躡履相逢迎) ………… 147
성중제소년(城中諸少年) ………… 205
성행폭여뢰(性行暴如雷) ………… 139
세세부지로(歲歲不知老) ………… 231
세월여류매(歲月如流邁) ………… 181
세한무이심(歲寒無異心) ………… 179
소개매춘풍(小開罵春風) ………… 161
소고소거(小姑所居) ……………… 203
소고여아장(小姑如我長) ………… 137
소년견라부(少年見羅敷) …………… 77
소부무소위(小婦無所爲) …………… 89
소설복천리(素雪覆千里) ………… 178
소시련모대련서(小時憐母大憐婿) 227
소자무소외(小子無所畏) ………… 132
소장불노력(少壯不努力) …………… 84
소제문자래(小弟聞姊來) ………… 243
소희다당돌(小喜多唐突) ………… 160
속곡난용부석구(粟穀難舂付石臼) 227
송백총류류(松栢冢纍纍) ………… 111
송아환고향(送兒還故鄉) ………… 243
송환판교만(送歡板橋灣) ………… 209
수건엄구제(手巾掩口啼) ………… 146
수긍상위언(誰肯相爲言) …………… 94
수능공상억(誰能空相憶) ………… 195
수능불상사(誰能不相思) ………… 167
수랑전측(隨郎轉側) ……………… 220
수류반석간(水流盤石間) ………… 216
수모전백다(受母錢帛多) ………… 137
수목하수수(樹木何修修) …………… 99
수부상심멱(誰復相尋覓) ………… 171

수불회우(誰不懷憂) ····················· 99
수사출문제(愁思出門啼) ············· 146
수심격격(水深激激) ····················· 33
수여부리요(雖與府史要) ············· 143
수위착(手爲錯) ···························· 70
수절정불이(守節情不移) ············· 130
수조불상여(手爪不相如) ············· 107
수지상사로(誰知相思老) ············· 178
수청석자현(水淸石自見) ·············· 97
수환천리유(隨還千里遊) ············· 209
숙석몽견지(夙昔夢見之) ·············· 93
숙석불소두(宿昔不梳頭) ············· 159
승견거(乘堅車) ···························· 69
승월도백소(乘月擣白素) ············· 175
승적유환관(承籍有宦官) ············· 142
시력부개서(視曆復開書) ············· 144
시상협곡중(尸喪狹谷中) ············· 214
시시위안위(時時爲安慰) ············· 135
시애여욕진(恃愛如欲進) ············· 162
시욕식랑시(始欲識郎時) ············· 160
시이미위구(始爾未爲久) ············· 131
시인상지(時人傷之) ····················· 129
시적환가문(始適還家門) ············· 141
식량핍진약위활(食糧乏盡若爲活) 224
신매오척도(新買五尺刀) ············· 216
신물위부사(愼勿爲婦死) ············· 149
신물위오어(愼勿違吾語) ············· 133
신부거재후(新婦車在後) ············· 138
신부기엄장(新婦起嚴妝) ············· 135
신부식마성(新婦識馬聲) ············· 147
신부위부리(新婦謂府吏) 133, 138, 147

신부입청려(新婦入靑廬) ············· 150
신부초래시(新婦初來時) ············· 137
신연농초조(新燕弄初調) ············· 166
신열제환소(新裂齊紈素) ·············· 81
신의수당탄(新衣誰當綻) ·············· 96
신인공직겸(新人工織縑) ············· 107
신인부하여(新人復何如) ············· 107
신인불여고(新人不如故) ············· 108
신인수언호(新人雖言好) ············· 107
신인종문입(新人從門入) ············· 107
신체일강강(身體日康強) ·············· 85
실솔음당전(蟋蟀吟堂前) ············· 181
심간단절(心肝斷絶) ····················· 235
심견승청환(尋遣丞請還) ············· 141
심사불능언(心思不能言) ····· 100, 102
심중대환희(心中大歡喜) ············· 144
심중상고비(心中常苦悲) ············· 130
심지장별리(心知長別離) ············· 150
십륙송시서(十六誦詩書) ············· 129
십륙지례의(十六知禮儀) ············· 139
십사능재의(十四能裁衣) ············· 139
십사학재의(十四學裁衣) ············· 129
십삼교여직(十三敎汝織) ············· 139
십삼능직소(十三能織素) ············· 129
십오부소사(十五府小史) ·············· 79
십오종군정(十五從軍征) ············· 111
십오탄공후(十五彈箜篌) ····· 129, 139
십오파유여(十五頗有餘) ·············· 78
십칠견여가(十七遣汝嫁) ············· 139
십칠위군부(十七爲君婦) ············· 130
쌍빈여부운(雙鬢如浮雲) ············· 195

쌍주대모잠(雙珠玳瑁簪) …………… 36
쌍침하시유(雙枕何時有) ………… 171
쌍토방지주(雙兎傍地走) ………… 244

[ㅇ]

아금일명명(兒今日冥冥) ………… 149
아나수풍전(婀娜隨風轉) ………… 145
아녀묵무성(阿女默無聲) ………… 146
아녀함루답(阿女銜淚答) ………… 140
아념환적적(我念歡的的) ………… 161
아매문자래(阿妹聞姊來) ………… 243
아명절금일(我命絶今日) ………… 150
아모대부장(阿母大拊掌) ………… 139
아모대비최(阿母大悲摧) ………… 140
아모득문지(阿母得聞之) …… 132, 149
아모백매인(阿母白媒人) ………… 141
아모사매인(阿母謝媒人) ………… 142
아모생오자시(阿母生烏子時) ……… 52
아모위부리(阿母謂府吏) ………… 131
아모위아녀(阿母謂阿女) …… 140, 145
아모위여구(阿母爲汝求) …… 132, 149
아실무죄과(兒實無罪過) ………… 140
아심여송백(我心如松栢) ………… 178
아심욕회련(我心欲懷蓮) ………… 170
아야무대아(阿爺無大兒) ………… 241
아욕불상비불능이(我欲不傷悲
    不能已) ……………………… 64
아욕여군상지(我欲與君相知) ……… 39
아유친부모(我有親父母) ………… 147
아유친부형(我有親父兄) ………… 139

아이박록상(兒已薄祿相) ………… 131
아자불구경(我自不驅卿) ………… 133
아파불가녀(阿婆不嫁女) ………… 231
아형득문지(阿兄得聞之) ………… 142
안능변아시웅자(安能辨我是雄雌) 244
안색류상사(顔色類相似) ………… 107
암암황혼후(菴菴黃昏後) ………… 150
앙두간명월(仰頭看明月) ………… 174
앙두상향명(仰頭相向鳴) ………… 151
앙중무두미저(盎中無斗米儲) ……… 59
야낭문녀래(爺娘聞女來) ………… 243
야사량부장(野死諒不葬) …………… 33
야사부장오가식(野死不葬烏可食) ‥ 33
야상사(夜相思) …………………… 192
야야달오경(夜夜達五更) ………… 151
야야부득식(夜夜不得息) ………… 130
야용다자빈(冶容多姿鬢) ………… 159
야용불감당(冶容不敢當) ………… 159
야유보명월(冶遊步明月) ………… 175
약간출전창(約看出前窗) ………… 161
약불신농시(若不信儂時) ………… 179
양가구합장(兩家求合葬) ………… 151
양길삼십일(良吉三十日) ………… 144
양미주(釀美酒) …………………… 56
양신성가사(良臣誠可思) …………… 34
양심망여일(兩心望如一) ………… 160
양장구회(羊腸九回) ……………… 233
양축실(梁築室) ……………………… 33
양춘백화생(陽春百花生) ………… 205
양춘포덕택(陽春布德澤) …………… 84
양표탈염렬(凉颷奪炎熱) …………… 81

256

양풍개창침(涼風開窗寢) ············ 174
양풍중야발(涼風中夜發) ············ 175
어경차물면(語卿且勿眄) ············ 97
어금무회인(於今無會因) ············ 135
어희연엽간(魚戲蓮葉間) ············ 41
어희연엽남(魚戲蓮葉南) ············ 41
어희연엽동(魚戲蓮葉東) ············ 41
어희연엽북(魚戲蓮葉北) ············ 41
어희연엽서(魚戲蓮葉西) ············ 41
억랑수한복(憶郎須寒服) ············ 175
언담대유연(言談大有緣.) ············ 144
언시소환래(言是所歡來) ············ 192
엄상결정란(嚴霜結庭蘭) ············ 148
엄엄일욕명(晻晻日欲暝) ············ 146
여가거응지(汝可去應之) ············ 140
여강부소리초중경처유씨(廬江府小
　吏焦仲卿妻劉氏) ············ 129
여금무죄과(汝今無罪過) ············ 140
여기득자유(汝豈得自由) ············ 132
여랑대화탑(與郎對華榻) ············ 179
여시대가자(汝是大家子) ············ 149
여역무소사(女亦無所思) ············ 240
여역무소억(女亦無所憶) ············ 240
여자선유서(女子先有誓) ············ 142
여자임창직(女子臨窗織) ············ 231
여행무편사(女行無偏斜) ············ 131
역이전아회(逆以煎我懷) ············ 139
역자에어정수(亦自縊於庭樹) ······· 129
연년수명장(延年壽命長) ············ 85
연빙후삼척(淵氷厚三尺) ············ 178
연시십팔구(年始十八九) ············ 140

연엽하전전(蓮葉何田田) ············ 41
연환호정회(憐歡好情懷) ············ 162
연후별웅자(然後別雄雌) ············ 229
염군무극(念君無極) ············ 220
염기료불개(奩器了不開) ············ 160
염렴파유수(鬑鬑頗有鬚) ············ 79
염모로가리(念母勞家裏) ············ 137
염여세간사(念與世間辭) ············ 148
염염부중추(冉冉府中趨) ············ 79
염오일신표광야(念吾一身飄曠野) 233
엽엽상교통(葉葉相交通) ············ 151
영가공재불(寧可共載不) ············ 78
영락하내사(零落何乃駛) ············ 181
영루응성락(零淚應聲落) ············ 149
영모재후단(令母在後單) ············ 149
영빙영고신(伶俜縈苦辛) ············ 134
영아백두(令我白頭) ············ 99
영영공부보(盈盈公府步) ············ 79
영영일수간(盈盈一水間) ············ 105
오거위지(吾去爲遲) ············ 60
오금차보부(吾今且報府) ············ 133
오금차부부(吾今且赴府) ············ 138
오독향황천(吾獨向黃泉) ············ 147
오리일배회(五里一徘徊) ············ 129
오마입지주(五馬立踟躕) ············ 77
오모백모래(烏帽白帽來) ············ 195
오사혼백비양상천(烏死魂魄飛揚
　上天) ············ 52
오생팔구자(烏生八九子) ············ 52
오의구회분(吾意久懷忿) ············ 132
오이실은의(吾已失恩義) ············ 133

오일일래귀(五日一來歸) …………… 89
옥녀재랑측(玉女在郎側) ………… 199
옥지롱교현(玉指弄嬌弦) ………… 162
완신랑슬상(婉伸郎膝上) ………… 160
완지답망수(挽指踏忘愁) ………… 205
왕석초양세(往昔初陽歲) ………… 134
요간시군가(遙看是君家) ………… 111
요견천폭범(遙見千幅帆) ………… 209
요망진천(遙望秦川) ……………… 235
요약류환소(腰若流紈素) ………… 136
요자경천비(鷂子經天飛) ………… 214
요조세무쌍(窈窕世無雙) ………… 140
요조염성곽(窈窕艷城郭) ………… 149
요중록로검(腰中鹿盧劍) …………… 79
요착범장상(搖著帆檣上) ………… 185
욕귀가무인(欲歸家無人) ………… 102
욕도하무선(欲渡河無船) ………… 102
용곡지작반(舂穀持作飯) ………… 112
용옥소료지(用玉紹繚之) …………… 36
우비군소상(又非君所詳) ………… 147
우사출문의(憂思出門倚) ………… 187
우설비비작로리(雨雪霏霏雀勞利) 222
우수집능라(右手執綾羅) ………… 146
우양지제천(牛羊持祭天) ………… 185
우역불익익(右亦不翼翼) ………… 199
운유제삼랑(云有第三郎) ………… 140
울울등군문(鬱鬱登郡門) ………… 145
울울류류(鬱鬱纍纍) ……………… 102
웅토각박삭(雄兔脚撲朔) ………… 244
원도불가사(遠道不可思) …………… 93
원득련명불복서(願得連冥不復曙) 196

원망가이당귀(遠望可以當歸) ……… 102
원앙칠십이(鴛鴦七十二) …………… 89
원욕기척서(願欲寄尺書) …………… 72
원위시안마(願爲市鞍馬) ………… 241
원위충신안가득(願爲忠臣安可得) ‥ 33
원작낭마편(願作郎馬鞭) ………… 229
원작비목어(願作比目魚) ………… 209
원치천리족(願馳千里足) ………… 243
원행불여귀(遠行不如歸) …………… 97
원환아체(願還我蒂) ………………… 71
월몰성불량(月沒星不亮) ………… 197
위시운이(爲詩云爾) ……………… 129
위아위오(爲我謂烏) ………………… 33
위언무서위(謂言無誓違) ………… 139
위언무죄과(謂言無罪過) ………… 134
위유자생광(葳蕤自生光) ………… 134
위인결백석(爲人潔白皙) …………… 79
위중경모소견(爲仲卿母所遣) ……… 129
위타통안색(爲他通顏色) ………… 199
위환초췌진(爲歡顦顇盡) ………… 178
유과신막단태(有過愼莫笪笞) ……… 63
유대작견시(留待作遣施) ………… 135
유란가녀(有蘭家女) ……………… 142
유리서하(流離西下) ……………… 233
유문여탄식(唯聞女歎息) ………… 240
유보산춘정(遊步散春情) ………… 166
유부무리(襦復無裏) ………………… 64
유소금루안(流蘇金鏤鞍) ………… 145
유소사(有所思) …………………… 36
유수득춘풍(柳樹得春風) ………… 195
유아쌍리어(遺我雙鯉魚) …………… 94

유월수과(六月收瓜) 71
유제오랑(有第五郎) 142
유차영랑군(有此令郎君) 142
유탕재타현(流宕在他縣) 96
유행거거여운제(遊行去去如雲除) .. 57
유혈불능비(有翅不能飛) 185
유화수풍산(柳花隨風散) 166
육합정상응(六合正相應) 144
은은하전전(隱隱何甸甸) 138
은정중도절(恩情中道絶) 81
음성하옹옹(音聲何嗈嗈) 89
읍좌불능기(泣坐不能起) 64
읍체령여우(泣涕零如雨) 104
의대일추완(衣帶日趨緩) 99
이가일추원(離家日趨遠) 99
이거작향리(移居作鄉里) 162
이루일하한(離淚溢河漢) 192
이사입잔기(理絲入殘機) 160
이실여형언(理實如兄言) 143
이십상부족(二十尙不足) 78
이십조대부(二十朝大夫) 79
이아유리탑(移我琉璃榻) 146
이아응타인(以我應他人) 147
이어내재낙수심연중(鯉魚乃在洛
　水深淵中) 53
이저명월당(耳著明月璫) 136
이정동의의(二情同依依) 139
이중명월주(耳中明月珠) 76
이중일하요요(里中一何譊譊) 72
이지부난망(易知復難忘) 88
이차하심의(以此下心意) 133

인구가잠귀(因求假暫歸) 146
인명부득소지주(人命不得少踟躕) .. 47
인민생각각유수명(人民生各各有
　壽命) 53
인민안지오자처(人民安知烏子處) .. 53
인사불가량(人事不可量) 147
인사일거하시귀(人死一去何時歸) .. 45
인생불만백(人生不滿百) 56
인신도사고(引新都捨故) 187
인천물역비(人賤物亦鄙) 135
인풍탁방편(因風託方便) 189
일거수천리(一去數千里) 218
일년도일효(一年都一曉) 196
일일삼마사(一日三摩娑) 216
일저부일앙(一低復一昂) 195
일출동남우(日出東南隅) 76
일환즉발중오신(一丸卽發中烏身) .. 52
입문각자미(入門各自媚) 94
입문상가당(入門上家堂) 139
입문시좌고(入門時左顧) 89
입역수(入亦愁) 99
잉갱피구견(仍更被驅遣 134

[ㅈ]

자가단래신(自可斷來信) 141
자괘동남지(自掛東南枝) 150
자군별아후(自君別我後) 147
자기위상유(紫綺爲上襦) 76
자명위라부(自名爲羅敷) 76, 78
자명위원앙(自名爲鴛鴦) 151

자명진라부(自名秦羅敷) ············ 132
자서불가(自誓不嫁) ··················· 129
자종별환래(自從別歡來) ············ 160
자토안미리(雌兎眼迷離) ············ 244
자행유예정(子行由豫情) ············ 161
작계내이립(作計乃爾立) ············ 149
작계하불량(作計何不量) ············ 142
작사한단창(作使邯鄲倡) ············· 88
작야견군첩(昨夜見軍帖) ············ 240
잡채삼백필(雜綵三百疋) ············ 145
장겸래비소(將縑來比素) ············ 108
장군백전사(將軍百戰死) ············ 242
장궤독소서(長跪讀素書) ·············· 94
장궤문고부(長跪問故夫) ············ 107
장명무절쇠(長命無絶衰) ·············· 39
장사십년귀(壯士十年歸) ············ 242
장시과거(將是瓜車) ··················· 71
장여지하부모(將與地下父母) ········ 72
장여청류괴(長與淸流乖) ············ 161
장인차안좌(丈人且安坐) ·············· 90
장중거륜전(腸中車輪轉) ····· 100, 102
장취포만단취기(長嘴飽滿短嘴飢) 222
장탄공방중(長歎空房中) ············ 149
재배환입호(再拜還入戶) ············ 133
재위합환선(裁爲合歡扇) ·············· 81
재전삼백만(齎錢三百萬) ············ 145
저두공이어(低頭共耳語) ············ 138
적득부군서(適得府君書) ············ 145
적비우(炙肥牛) ························· 56
적삽환계전(摘揷環髻前) ············ 205
적적인정초(寂寂人定初) ············ 150

전두향호리(轉頭向戶裏) ············ 150
전무괄(箭無栝) ······················· 224
전성남(戰城南) ························· 33
전잠사이필(田蠶事已畢) ············ 170
전전불상견(展轉不相見) ·············· 93
전호장인전일언(傳呼丈人前一言) ·· 63
점견수전박(漸見愁煎迫) ············ 150
접섭월교상(蹀躞越橋上) ············ 201
접좌낭슬변(蹀座郎膝邊) ············ 229
정묘세무쌍(精妙世無雙) ············ 136
정상생려규(井上生旅葵) ············ 111
정인불환와(情人不還臥) ············ 175
정지삼하열(情知三夏熱) ············ 171
제군유탕자(諸軍遊蕩子) ·············· 43
제상억(啼相憶) ························· 192
제위관리마식속(弟爲官吏馬食粟) 225
조구상득리어구(釣鉤尙得鯉魚口) ·· 53
조로대일희(朝露待日晞) ·············· 84
조발흔성(朝發欣城) ·················· 235
조사방미앙(調絲方未央) ·············· 90
조성수겹군(朝成繡裌裙) ············ 146
조아자소(助我者少) ··················· 71
조아진씨루(照我秦氏樓) ·············· 76
조일조기전(朝日照綺錢) ············ 162
조일조북림(朝日照北林) ············ 167
조행다비상(早行多悲傷) ·············· 43
조행출공(朝行出功) ··················· 34
족이영여신(足以榮汝身) ············ 143
족하무비(足下無菲) ··················· 70
족하섭사리(足下躡絲履) ············ 136
종걸구여고매이(從乞求與孤買餌) ·· 64

종금이왕(從今以往) 36

종로불부취(終老不復取) 132

종불파상련(終不罷相憐) 185

종인사오백(從人四五百) 145

종일불성장(終日不成章) 104

종종재기중(種種在其中) 135

종차체야정(從此替爺征) 241

좌수지강탄량환(左手持彊彈兩丸) .. 52

좌수지도척(左手持刀尺) 146

좌아서각상(坐我西閣牀) 243

좌역불양양(左亦不佯佯) 199

좌우종오동(左右種梧桐) 151

좌중수천인(坐中數千人) 79

좌중하인(座中何人) 99

주단고야장(晝短苦夜長) 57

주무사탕미(酒無沙糖味) 199

주부통어언(主簿通語言) 142

주야근작식(晝夜勤作息) 134

주야유불식(晝夜流不息) 192

주인복차약(主人服此藥) 85

주촉사현애(柱促使弦哀) 183

주하화락거(朱夏花落去) 171

중경문지(仲卿聞之) 129

중다질려(中多蒺藜) 70

중도환형문(中道還兄門) 143

중부직류황(中婦織流黃) 89

중소무인어(中宵無人語) 175

중앙유사양두계(中央有絲兩頭繫) 227

중야억환시(中夜憶歡時) 192

중유쌍비조(中有雙飛鳥) 151

중유척소서(中有尺素書) 94

중자위시랑(中子爲侍郎) 89

중정생계수(中庭生桂樹) 88

중정생려곡(中庭生旅穀) 111

중포좌첩욕(重抱坐疊褥) 179

즉즉부즉즉(唧唧復唧唧) 240

지기여행인(持寄與行人) 170

지문여탄식(只聞女歎息) 231

지시고인래(知是故人來) 147

지시축풍류(知是逐風流) 209

지여삭총근(指如削葱根) 136

지작난계명(持作蘭桂名) 183

지저명농서(持底明儂緒) 197

지지(知之) 37

지지상복개(枝枝相覆蓋) 151

직겸일일필(織縑日一匹) 108

직소오장여(織素五丈餘) 108

진씨가유유오탕자(秦氏家有遊
遨蕩子) 52

진씨유호녀(秦氏有好女) 76, 78

진지감자전(進止敢自專) 134

진퇴무안의(進退無顔儀) 139

집수분도거(執手分道去) 148

[ㅊ]

차부무례절(此婦無禮節) 132

차아(嗟我) 52, 53

차위객호(且爲客豪) 33

차잠환가거(且暫還家去) 138

차탄사심상(嗟歎使心傷) 147

착아구시상(着我舊時裳) 243

착아수겹군(著我繡袂裙) ············· 135
찬란명월광(燦爛明月光) ············· 189
찰찰농기저(札札弄機杼) ············· 104
창연심중번(悵然心中煩) ············· 142
창연요상망(悵然遙相望) ············· 147
창오다부속(倉梧多腐粟) ··············· 43
창오하불호(倉梧何不乎) ··············· 43
창욕비(悵欲悲) ···························· 59
창욕비(愴欲悲) ···························· 70
창창리상(愴愴履霜) ······················ 70
채규지작갱(採葵持作羹) ············· 112
채상성남우(採桑城南隅) ··············· 76
책훈십이전(策勳十二轉) ············· 242
처분적형의(處分適兄意) ············· 143
척촉청총마(躑躅靑驄馬) ············· 145
천고성월명(天高星月明) ············· 174
천만불복전(千萬不復全) ············· 148
천불탈인원(天不奪人願) ············· 159
천자좌명당(天子坐明堂) ············· 242
천지합(天地合) ···························· 39
천첩여군공포미(賤妾與君共飽糜) ·· 59
천첩유공방(賤妾留空房) ············· 130
첨촉견자도(瞻矚見子度) ············· 159
첩당작포위(妾當作蒲葦) ············· 138
첩불감구사(妾不堪驅使) ············· 130
첩유수요유(妾有繡腰襦) ············· 134
청로응여옥(淸露凝如玉) ············· 175
청사계마미(靑絲繫馬尾) ··············· 78
청사위롱계(靑絲爲籠係) ··············· 76
청작백곡방(靑雀白鵠舫) ············· 144
청청원중규(靑靑園中葵) ··············· 84

청청임중죽(靑靑林中竹) ············· 189
청청하반초(靑靑河畔草) ··············· 93
청체류류(淸涕纍纍) ······················ 71
청하개록수(靑荷蓋淥水) ············· 170
청호심소환(請呼心所懽) ··············· 56
체락백여항(涕落百餘行) ············· 137
체위락(逮爲樂) ···························· 56
초맹아(草萌芽) ···························· 71
초초견우성(迢迢牽牛星) ············· 104
초취사면풍(招取四面風) ············· 170
초칠급하구(初七及下九) ············· 137
초화금수색(初花錦繡色) ············· 167
촉루군양삼고자(屬累君兩三孤子) ·· 63
촉우상농회(觸遇傷儂懷) ············· 183
최소지(摧燒之) ···························· 36
최장마비애(摧藏馬悲哀) ············· 146
추상변대노(搥牀便大怒) ············· 132
추야양풍기(秋夜涼風起) ············· 174
추야입창리(秋夜入窗裏) ············· 174
추창사농수(惆悵使儂愁) ············· 181
추풍소소수쇄인(秋風蕭蕭愁殺人) ·· 99
추풍숙숙신풍시(秋風肅肅晨風颸) ·· 37
추풍처장야(秋風凄長夜) ············· 175
춘기동(春氣動) ···························· 71
춘도초발홍(春桃初發紅) ············· 171
춘림화다미(春林花多媚) ············· 166
춘별유춘련(春別猶春戀) ············· 171
춘조의다애(春鳥意多哀) ············· 166
춘진추이지(春盡秋已至) ············· 181
춘풍부다정(春風復多情) ············· 166
춘풍부지착(春風不知著) ············· 195

출곽상부장(出郭相扶將) ·············· 243
출동문(出東門) ·························· 59
출문간화반(出門看火伴) ·············· 244
출분동향간(出門東向看) ·············· 112
출문등거거(出門登車去) ·············· 137
출문회사우(出門懷死憂) ·············· 214
출서문(出西門) ·························· 56
출역수(出亦愁) ·························· 99
출입견오자(出入見梧子) ·············· 162
출입견의투(出入見依投) ·············· 205
출입군회수(出入君懷袖) ·············· 81
출입오동서(出入烏東西) ·············· 52
출입환랑비(出入攘郎臂) ·············· 229
출치전창하(出置前窗下) ·············· 146
취렴혼백무현우(聚斂魂魄無賢愚) ·· 47
취아나상개(吹我羅裳開) ·············· 166
취환라상개(吹歡羅裳開) ·············· 170
측근교량(側近橋梁) ·················· 203
측측역력(側側力力) ·················· 220
치종양상비(雉從梁上飛) ·············· 111
칙칙하역력(敕敕何力力) ·············· 231
칠보화단선(七寶畫團扇) ·············· 189
침랑좌비(枕郎左臂) ·················· 220

[ㅋ·ㅌ]

쾌마수건아(快馬須健兒) ·············· 229
타가단원부귀(他家但願富貴) ········ 59
타살장명계(打殺長鳴鷄) ·············· 196
타하이사(墮河而死) ···················· 49
타향각이현(他鄕各異縣) ·············· 93

탄거오구조(彈去烏臼鳥) ·············· 196
탄로각야한(炭爐卻夜寒) ·············· 179
탄아당춘년(歎我當春年) ·············· 166
탈모착초두(脫帽著帩頭) ·············· 77
탈아전시포(脫我戰時袍) ·············· 243
탐수포요간(探手抱腰看) ·············· 207
탐회중전지수(探懷中錢持授) ········ 65
태수가(太守家) ························ 142
토종구두입(兎從狗竇入) ·············· 111

[ㅍ]

팔십시득귀(八十始得歸) ·············· 111
편편당전연(翩翩堂前燕) ·············· 96
폐거리마위자저(弊車羸馬爲自儲) ·· 57
폐문색유(閉門塞牖) ···················· 64
폐의난호부교부(弊衣難護付巧婦) 227
포배회공사중(抱徘徊空舍中) ········ 65
포시무의(抱時無衣) ···················· 64
포위명명(蒲葦冥冥) ···················· 33
포위인여사(蒲葦紉如絲) ·············· 138
포위일시인(蒲葦一時紉) ·············· 147
포피공중어(抱被空中語) ·············· 197
포피공중제(抱被空中啼) ·············· 192
풍류부잠정(風流不暫停) ·············· 209
풍취엽락거(風吹葉落去) ·············· 218
풍취창렴동(風吹窗簾動) ·············· 192
핍박겸제형(逼迫兼弟兄) ·············· 147
핍박유아모(逼迫有阿母) ·············· 133

[ㅎ]

하감조부어(何敢助婦語) ……………… 132
하경득고천(賀卿得高遷) ……………… 147
하관봉사명(下官奉使命) ……………… 144
하내태구구(何乃太區區) ……………… 131
하능수불울(何能愁怫鬱) ……………… 56
하담랄자수(下擔捋髭鬚) ……………… 77
하당순류환(何當順流還) ……………… 187
하당용차황구아(下當用此黃口兒) ‥ 59
하당환고처(何當還故處) ……………… 218
하마입거중(下馬入車中) ……………… 138
하무단의(夏無單衣) ……………… 71
하부작의상(何不作衣裳) ……………… 146
하부조가논가계(何不早嫁論家計) 227
하불병촉유(何不秉燭遊) ……………… 57
하산봉고부(下山逢故夫) ……………… 107
하석전도래아속(何惜錢刀來我贖) 225
하수동서류(河水東西流) ……………… 201
하시부서귀(何時復西歸) ……………… 84
하언부래환(何言復來還) ……………… 134
하언장상억(下言長相憶) ……………… 94
하오불성필(何悟不成匹) ……………… 160
하용문유군(何用問遺君) ……………… 36
하용식부서(何用識夫壻) ……………… 78
하우설(夏雨雪) ……………… 39
하유서류어(下有西流魚) ……………… 201
하의출차언(何意出此言) ……………… 147
하의치불후(何意致不厚) ……………… 131
하이남(何以南) ……………… 33

하이북(何以北) ……………… 33
하이희(何易晞) ……………… 45
하종지하황천(下從地下黃泉) ……… 71
하처불가련(何處不可憐) ………… 160
하한청차천(河漢淸且淺) ………… 104
하환정갱구(夏還情更久) ………… 171
학명동서상(鶴鳴東西廂) ………… 89
한광조철의(寒光照鐵衣) ………… 242
한말건안중(漢末建安中) ………… 129
한불능어(寒不能語) ………… 235
한조의고수(寒鳥依高樹) ………… 178
한풍최수목(寒風摧樹木) ………… 148
한한나가론(恨恨那可論) ………… 148
함비부득어(銜碑不得語) ………… 196
함소당도로(含笑當道路) ………… 167
함소유황리(含笑帷幌裏) ………… 174
함수미긍전(含羞未肯前) ………… 162
합장화산방(合葬華山傍) ………… 151
해상로(薤上露) ……………… 45
해수지천한(海水知天寒) ………… 93
행(行) ……………… 60
행가광문신(幸可廣問訊) ………… 141
행당절요(行當折搖) ……………… 63
행부독자거(行不獨自去) ………… 201
행부득차부(幸復得此婦) ………… 131
행부이이(行復爾耳) ……………… 65
행이급소추(行已及素秋) ………… 181
행인주족청(行人駐足聽) ………… 151
행자견라부(行者見羅敷) ………… 77
행취전하당(行取殿下堂) ………… 70
향건불옥석(香巾拂玉席) ………… 171

264

향랑각훤서(餉郞卻暄暑) ·············· 189
현가병란촉(絃歌秉蘭燭) ·············· 179
현령견매래(縣令遣媒來) ·············· 140
현빈백발생(玄鬢白髮生) ·············· 178
현저중량주(懸著中梁柱) ·············· 216
협곡문군가(夾轂問君家) ·············· 88
협금상고당(挾琴上高堂) ·············· 89
형수난여구거(兄嫂難與久居) ········ 72
형수당지지(兄嫂當知之) ·············· 36
형수령아행고(兄嫂令我行賈) ········ 69
형여수엄(兄與嫂嚴) ·············· 71
형위부로수곤욕(兄爲俘虜受困辱) 224
형재성중제재외(兄在城中弟在外) 224
형제량삼인(兄弟兩三人) ········ 89, 96
형형조상화(熒熒條上花) ·············· 181
혜경요조안종통(蹊徑窈窕安從通) ·· 53
호래동라군(好來動羅裙) ·············· 195
호리수가지(蒿里誰家地) ·············· 47
호아팽리어(呼兒烹鯉魚) ·············· 94
호자상부장(好自相扶將) ·············· 137
호지다표풍(胡地多飇風) ·············· 99
혼거시장류(魂去尸長留) ·············· 150
혼황화엽쇠(焜黃華葉衰) ·············· 84
홀각재타향(忽覺在他鄕) ·············· 93
홍라복두장(紅羅複斗帳) ·············· 134

화등하황황(華燈何煌煌) ·············· 88
화락축수거(花落逐水去) ·············· 187
화미망주구(畵眉忘注口) ·············· 166
화반개경망(火伴皆驚忙) ·············· 244
화서불확군하식(禾黍不穫君何食) ·· 33
화차부용계(花釵芙蓉髻) ·············· 195
환가십여일(還家十餘日) ·············· 140
환금과부제(歡今果不齊) ·············· 161
환부백부군(還部白府君) ·············· 144
환시가상무현의(還視架上無懸衣) ·· 59
환역불부선(還亦不復鮮) ·············· 187
환필상영취(還必相迎取) ·············· 133
황갈결몽롱(黃葛結蒙蘢) ·············· 187
황곡마천극고비(黃鵠摩天極高飛) ·· 53
황금락마두(黃金絡馬頭) ········ 78, 89
황금위군문(黃金爲君門) ·············· 88
황상자극포자리(黃桑柘屐蒲子履) 227
황천공위우(黃泉共爲友) ·············· 131
황천하상견(黃泉下相見) ·············· 148
회불상종허(會不相從許) ·············· 133
효기전투사(梟騎戰鬪死) ·············· 33
후가득랑군(後嫁得郞君) ·············· 143
후궁상부득팽자지(後宮尚復得
　烹煮之) ························· 53
희희막상망(嬉戲莫相忘) ·············· 137

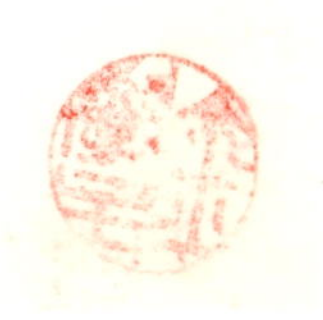

樂_악府_부詩_시選_선

修訂 增補版 印刷 ● 2002年　　4月　　10日
修訂 增補版 發行 ● 2002年　　4月　　15日

著　　者 ● 金　學　主
發行者 ● 金　東　求
發行處 ● 明　文　堂
　　　서울특별시 종로구 안국동 17~8
　　　대체　010041-31-001194
　　　전화　(영) 733-3039, 734-4798
　　　　　　(편) 733-4748
　　　FAX 734-9209
　　　Homepage www.myungmundang.net
　　　E-mail　　om@myungmundang.net
　　　등록　1977. 11. 19. 제1~148호

● 낙장 및 파본은 교환해 드립니다.
● 불허복제.

값 15,000원
ISBN 89-7270-677-9 93820